한동안 머물다 밖으로 나가고 싶다

物語のなかとそと

by Kaori Ekuni

Monogatari no Naka to Soto - Ekuni Kaori Sambunshû
Copyright ⓒ 2018 by Kaori Ekuni
First Published in Japan in 2018 by Asahi Shimbun Publications Inc., Tokyo
Korean translation rights arranged with Kaori Ekuni
through Japan Foreign-Rights Centre/ Shinwon Agency Co.

한동안 머물다 밖으로 나가고 싶다

펴 낸 날　|　2020년 6월 3일 초판 1쇄

지 은 이　|　에쿠니 가오리
옮 긴 이　|　김난주
펴 낸 이　|　이태권

책임편집　|　최선경
책임미술　|　양보은

펴 낸 곳　|　소담출판사
　　　　　　서울특별시 성북구 성북로5길 12 소담빌딩 301호 (우)02880
　　　　　　전화 | 02-745-8566　　팩스 | 02-747-3238
　　　　　　등록번호 | 1979년 11월 14일 제2-42호
　　　　　　e-mail | sodambooks@naver.com
　　　　　　홈페이지 | www.dreamsodam.co.kr

ISBN　　　979-11-6027-182-9　03830

이 도서의 국립중앙도서관 출판시도서목록(CIP)은 서지정보유통지원시스템 홈페이지
(http://seoji.nl.go.kr)와 국가자료공동목록시스템(http://www.nl.go.kr/kolisnet)에서
이용하실 수 있습니다.(CIP제어번호: CIP2020014140)

• 책값은 뒤표지에 있습니다.
• 잘못된 책은 구입하신 곳에서 교환해드립니다.

한동안 머물다
밖으로 나가고 싶다

에쿠니 가오리 지음 | 김난주 옮김

소담출판사

| 차례 |

I 쓰기

II 읽기

Ⅲ 그 주변

I

쓰기

무제

"큰 문제는 없습니다."

의사가 말했다.

"큰 문제는 없다고요?"

나는 겁이 나서 되물었다.

"그럼, 작은 문제는 있다는 말인가요?"

때는 9월. 날은 화창하게 개었고, 멋없고 무기적인 병원 창문으로, 빨간 열매가 달린 주목나무가 보인다. 네모나게 테두리 진 그 풍경의 밝음이 왠지 모르게 일그러져, 현실감 없게 여겨졌다.

"네, 그야 뭐, 몇 가지."

의사는 그렇게 대답하고, 눈앞에 놓인 서류를 천천히 들춘다.

갈색 동그란 가죽 스툴에 앉아 기다리는 나는, 의사가 좀처럼 다음 말을 하지 않아 답답한 마음에,

"예를 들면 어떤?"

하고 재촉하고 만다. 상당히 불편한 상황이다. 나는 쉰 살이고, 신장이며 체중이며 표준에 많이 못 미치지만, 나름 활력은 있다고 생각하고 아픈 곳도 없다. 그런데도 2주 전에 갖가지 검사를 받은 것은, 주위에서 그렇게 하라고 강력하게 권했기 때문이다. 신뢰하는 편집자는 '병원을 무서워하다니 어린애 같다'고 나무랐고, 남편은 '그 기침이 틀림없이 악성'일 거라고 위협했고, 여동생은 '아직 한 번도 검사를 받은 적이 없다니 위험하고 상식 밖'이라고 비난했다. 그리고 그 세 사람 모두 입을 모아, 병원에 가서 정밀 검사를 받아야 한다고 강조했다. 그런 말을 들으니 나도 갑자기 불안해져, 어린 시절에 아버지가 넌 건강하지 못한 면이 있다고 했던 먼 기억까지 떠올리고 말았다.

예를 들어서, 하고 의사가 겨우 입을 연다.

"예를 들어서, 스노보드가 한 개 걸려 있습니다."

"스노보드요?"

나는 놀란다.

"어디에?"

그게, 하면서 의사가 약간 우물쭈물하더니,

"현대 의학으로, 장소까지 특정할 수는 없습니다."

하고 말했다.

"그렇게 큰 물체가 내 몸 안에 걸려 있다는 건가요?"

믿기지 않는 심정으로 물었는데, 의사는 그 물음에는 대답하지 않고,

"식욕은 있나요?"

하고, 내 눈을 보면서 상냥하게 미소 짓는다.

"네, 그냥 보통인데. 오늘 아침에는 무화과를 두 개 먹었어요. 그리고 홍차."

대답은 했지만, 나는 의사의 말투도 미소도 마음에 들지 않았다. 마치, 살릴 길 없는 환자를 위로하는 듯한 말투와 미소였기 때문이다.

"그래서, 정말 그렇게 큰 게 내 몸 안에 있다는 건가요?"

나는 화제를 돌렸다. 의사는 고개를 끄덕인다.

아무리 그래도 그렇지 스노보드라니. 자랑은 아니지만 나는 스포츠와는 인연이 없고, 경험자 말로 '스키보다 간편하고 재밌다'는 그 스포츠를—스키도 그렇지만—시도해본 적이 없다. 그런데 왜, 그런 것을 삼켰는지 알 수 없었다.

"삼켰다고는 하지 않았어요."

의사가 차분하게 정정했다.

"게다가, 스노보드 외에도 소형 보트와 비행기도 걸려 있습니다."

"전부 타는 거네요."

"어쩌다 보니 그렇군요."

의사는 그렇게 말하고는, 오늘 들어 처음으로 순순한 미소를 지었다. 깜박 잊고 안 썼는데, 의사는 삼십 대 중반쯤으로 보이는 남자로, 중간 키에 중간 몸집에 검은 테 안경을 끼고 있다.

"타는 것 말고도 많이 걸려 있어요. 예를 들면 금귤베리도 그렇고."

"금귤베리가 뭐죠?"

"글쎄요, 그건."

의사는 그런 대답을 했다.

"나는 의학 전문가이지 식물 전문가는 아니어서."

"식물인가요?"

하고 묻자,

"네? 식물 아닙니까?"

하고 되물었다. 나는 혼란스러워진다. 혼란스러운 나머지, 아무래도 상관없는 질문을 하고 만다.

"베리라니까, 딸기나 블루베리의 일종 아니겠어요?"

"그렇겠지요. 단언은 할 수 없지만."

침묵이 내려온다. 또 마음이 불편해져, 나는 스툴을 좌우로 돌렸다. 심심한 어린애처럼. 만약 여동생이 봤다면, 언니, 그러지 마, 어른스럽지 못하게, 라고 했으리라. 여동생은 나보다 여섯 살 아래지만, 나보다 훨씬 야무지다(모두들 그렇게 말하니까 그런 걸 것이다, 잘은 모르겠지만). 이 병원에 가보라고 권한 사람도 여동생이다. 이유는 "의사가 핸섬해서."였다. 여동생은 어머니를 닮았고, 나는 아버지를 닮았다. 그러나 사실, 정말 그런지는 모른다. 나이를 먹으면서, 나는 내 말투가 어머니를 닮아가고 있다는 걸 느낀다.

"그래서, 이제 나는 어떻게 하면 좋죠?"

그렇게 묻자, 의사는 난감은 표정을 지었다.

"지금은 어떻게 손쓸 방법이 없습니다."

식사를 꼬박꼬박 하고. 의사가 말을 잇는다. 충분한 수면을 취하고, 가능하면 담배도 끊고, 술도 줄이고, 적당한 운동을 하고, 스트레스가 쌓이지 않도록, 등등 등등.

"삼킨 게 아니라면."

수긍이 가지 않아 나는 말했다.

"어디로 들어간 걸까요?"

바로 그게 문제인데요, 하고 의사는 자기 생각도 그렇다는 표정을 짓는다.

"그걸 알면 대처할 방법도 있겠지만."

그리고 천천히 일어나,

"솔직히 말씀드리면."

하고, 이제 상대가 듣기 싫은 말을 하겠다는 아우라를 뿜뿜 풍기면서,

"환자의 상태는 아주 이상합니다. 말로 표현할 수가 없어요."

하고 단언했다. 나는 깜짝 놀랐다. 직업상, 말로 표현할 수 없으면 안 되기 때문이다. 의사는 이걸 보세요, 이 두께, 하면서 서류 뭉치를 들어 보인다.

"이게 그냥 차트입니다, 그런데 102페이지나 돼요, 102페이지."

하고는, 마치 그게 내 탓인 것처럼 이쪽을 걸고넘어진다.

"정말 모르겠습니다. 읽어 볼까요? 토스트, 거미집, 아이들, 도마뱀, 비, 장화, 말, 길모퉁이, 아버지, 어머니, 소금, 모래사장, 복숭아, 휴대전화의 가치에 대한 의문, 오래된 민가, 풀피리……."

"가치에 대한 의문?"

목록은 아직도 한참 계속되는 듯한데, 나는 위화감을 느끼고 말을 끊었다.

"그거 하나만 좀 이상하지 않나요? 다른 것은 모두 구체적인 사물이나 사람인데."

의사가 한숨을 쉬었다.

"의문 시리즈도 가능합니다. 아주 많아요."

그러고는 서류를 들춘다.

"그만 됐어요, 이제 찾지 않아도."

나는 얼른 그를 가로막았다.

"아무튼 그런 갖가지가, 내 안에 걸려 있다는 거죠?"

"네, 정말 여러 가지로 이상한 것들이 걸려 있어요. 눈사람도 있고, 연인도 있고."

"연인?"

나는 얼빠진 목소리로 묻는다. 과거에 사귀었던 남자들의 얼굴이 떠오른다. 그립다, 하지만 이제는 기억도 확실치 않은 남자들. 그 가운데 누구? 하는 의문을 간신히 집어삼키고,

"어떤 연인 말이죠? 특징 같은 게 있나요?"

하고 물어 본다. 의사는 또 점잖게 서류 몇 장을 넘기고는, 꼼

한동안 머물다 밖으로 나가고 싶다

꼼꼼하게 들여다본다. 또 답답해진 나는 스툴 위에서 부산하게 몸을 꼼지락거린다.

"특징은, 별로 없군요. 그냥 막연하게, 연인입니다."

나는 어이가 없다. 좀 이상하다. 특징이 없는 연인이라니. 골격도 살 냄새도 목소리의 온도도, 저마다 다 다르니까 연애가 가능한 건데.

"문제는 그런 게 아니라."

의사가 자기 손톱을 만지작거리면서 말했다.

"문제는, 당신이 온 세계의 쓸데없는 것들을, 아, 미안하군요, 지금 한 말은 주관적인 겁니다, 온 세계의 터무니없는 것들을, 아, 이 말이 더 심한가."

당황한 의사는 책상 위에 있던 루페를 팔꿈치로 건드려 바닥에 떨어뜨리고 만다. 나는 몸을 굽혀 그걸 주웠다.

"문제는, 말이죠."

등을 쭉 펴고, 의사가 다시 말한다.

"아무튼 온 세계의 사소한 것들을, 어떻게 된 일인지 당신이 온 몸으로 주워 모았다는 겁니다."

아아, 하고 나는 이제야 이해한다.

"아아, 그거군요."

그건 어쩔 수 없어요, 하고 나는 말한다. 나는 소설가니까, 하고. 스툴에서 내려와 안심하고 진료실에서 나왔지만, 그 후에도 금귤베리가 뭔지는 아무리 생각해도 알 수 없었다.

_전시회〈IN SITU-1〉에서 배포한 책자에 게재, 2014년 9월부터 2015년 1월.

비밀

비밀이란 누구에게도 알리고 싶지 않은 것, 또는 알려져서는 곤란한 것이라고 생각했습니다. 그래서 모두들 그런 것들을 자기 가슴에 묻고, 입을 꼭 다물고 있는 것이라고요.

그런데, 무언가를 비밀로 하는 것에 지나지 않더군요. 비밀로 한다는 말 자체가 이미 비밀이 아니라는 것을 말하고 있으니까요.

비밀. 정말 그것은 깊은 밤 어둠 속에서 하는 공기놀이와 비슷합니다. 누가 알든 보든 아무 상관없는데, 다른 사람에게는 좀처럼 보이지 않죠. 차륵 차륵, 사락사락, 은밀한 소리가 들릴 뿐이에요. 공기는 틀림없이 눈앞에 있고, 얇은 천의 매끄럽고 차가운

감촉도, 손바닥에 느껴지는 조그만 팥알들의 유쾌한 무게도, 그
것을 던지고 받는 사람에게는 그야말로 현실인데.

지금 내가 하려는 얘기도, 그런 유의 사건이었습니다. 사소하
지만 진짜 비밀인데, 비밀로 할 필요는 없었죠.

우리 집에는 잡동사니가 아주 많습니다. 물론 남이 보기에 잡
동사니라는 거지, 내게는 그 하나하나가 나름대로 다 사랑스러
워, 쓸모가 없다는 것을 잘 알면서도 도저히 버릴 수 없는 것들이
에요.

예를 들어서 깨진 도자기 조각.

이건 선물 받은 레이즌위치의 하얀 상자 안에 들어 있어요. 지
금이야 그저 색깔만 알록달록한 깨진 조각이지만, 원래는 빨간
그림이 그려진 과자 그릇이거나, 소녀 시절에 사용했던 꽃무늬
홍차 잔이거나, 남편이 애용했던 찻잔이거나, 결혼 답례품으로
받은 유리컵이었지요. 그런 추억이 있으니 버릴 수가 없습니다.
뚜껑을 닫은 채로 흔들면 종이상자 안에서 달그락달그락 또르륵
또르륵, 그렇게 들리는 소리나 나죠.

또 친구가 보낸 수많은 편지와 엽서.

어떤 것은 군데군데 잉크 색이 바래서 읽을 수가 없고, 또 어떤

것은 햇볕에 너무 오랜 세월 그을은 탓에―내가 간직하고 있는 가장 오래된 엽서에는 2엔짜리 우표가 붙어 있습니다―끝이 바짝 말라 있습니다. 그런데도 도저히 버릴 수 없어요. 편지에 쓰인 글귀는, 가령 그것이 무슨 독촉이거나 연을 끊자는 내용이라도, 쓴 사람―친구들, 가족들. 그중에는 이미 돌아가신 분도 있습니다―의 목소리 자체라고 생각하기 때문이에요. 편지류는 종이 상자 세 개에 담겨, 서재 구석에 쌓여 있습니다.

개 밥그릇 네 개와 개 목걸이도 스무 개 정도 있답니다. 이것들은 내가 전에 키웠던 개들이 남긴 것으로, 남이 보기에는 정말 잡동사니겠지요. 그 네 마리 개들은 이미 이 세상을 떠나, 밥그릇과 목걸이는 아무도 사용하지 않으니까요. 그런데도 나는 그것들을 창틀에 조르륵 늘어놓고, 때로 바라보며 그 개들을 추억하곤 합니다. 네 마리 개들의 사랑스러운 눈동자와 깊은 신뢰와 현명함과 기품을 떠올리는 유품으로 말이죠.

그 외에도 갖가지 잡동사니가 있습니다. 화분, 펜촉이 부러진 만년필, 빈 비스킷 깡통 가득한 헝겊 쪼가리와 단추와 털실 뭉치. 수백 개나 되는 와인 코르크 마개―하나하나마다 그 와인을 마신 날짜와 장소, 사랑의 말이 쓰여 있습니다―, 예쁜 돌이 빠져 버린 브로치, 여기저기 해변에서 주워 모은 조개껍데기.

일일이 열거하자면 끝이 없는데, 아무튼 그런 것들 중에 그 상자가 있었어요.

그 상자—.

뚜껑에 빨간 학종이를 붙인 그 상자는, 원래는 어머니가 서류 등을 담아 놓는 상자로 사용하던 것이었어요. 오래되기는 했지만 튼튼해서, 나는 거기에 지우개를 수십 개 담아 두었죠. 닳아서 조그맣고 동글동글해진 지우개 말이에요.

알다시피 지우개란 것은, 완전히 없어질 때까지 쓰기가 참 어려워요. 점차 닳아 가면서 처음에 붙어 있던 커버 같은 것(그런 것이 있었다 치고)이 벗겨지고, 그러면 본체는 손때가 묻어 거뭇거뭇 더러워집니다. 더러워진 지우개로 지운 탓에 종이까지 검게 얼룩이 지면 정말 화가 나죠. 왠지 배신당한 기분마저 듭니다. 또 너무 작아지면 쥐기도 힘들어서, 종이에 비벼댈 때도 힘이 더 들어가 상당히 피곤해집니다. 게다가 지우개 자체가 몹시 지친 표정을 하고 있어서, 그걸 사용하려면 나는 마치 늙은 당나귀에게 채찍질까지 하면서 억지로 일을 시키려는 나쁜 사람이 된 듯한 기분이 듭니다.

그렇다 보니 나는 닳아서 작아진 지우개는 상자에 보관하고, 새것을 쓰죠.

나는 소설가니까, 지우개는 필수품입니다. 지금까지 다른 사람들보다, 아마 훨씬 많은 지우개를 소비했을 거예요.

상자에 보관하고 있는 수십 개의 지우개 가운데에는 그 역사가 초등학교 시절로 거슬러 올라가는 것도 있어요. 학교 매점이나, 당시에 살았던 집 근처 문구점에서, 고르고 골라서 산 지우개들입니다. 색이 예쁜 것도 있고, 달짝지근한 냄새가 나는 것, 한천처럼 반투명한 것도 있어요.

어른이 된 다음에 사용한 것은, 훨씬 더 단순합니다. 대개는 그냥 하얀색인데, 그중에는 친구가 여행을 다녀오면서 선물로 사다 준, 미로라는 화가의 그림이 그려진 지우개, 여동생이 사다 준 성대모사 탤런트의 캐릭터가 그려진 지우개, 이 정도면 오래 쓰겠다 싶은 이유로 산 담뱃갑 크기만 한 지우개도 있습니다.

모두 손때가 묻고 더러워진 채, 조그맣게 줄어들어 그 상자 안에 들어 있지요.

작년 봄, 어느 밤의 일입니다.

하루 일을 끝내고 커피 잔을 부엌에 가져가려고 일어섰을 때, 이상한 소리가 들렸습니다. 달그락달그락, 폴짝폴짝, 쿵쿵, 텅텅. 다른 소리는 전혀 나지 않는 한밤중의 고요한 서재에서, 나는 귀를 기울이고 주위를 돌아보았어요. 달그락달그락, 폴짝폴짝, 또르르 콩, 또르르 쿵.

작은 소리들이 조금씩 커져갔어요. 책상 위에는 원고용지와
연필, 꽁초가 쌓인 재떨이와 사전. 탁상 스탠드의 불빛이 그것들
을 비추고 있었지요. 바로 앞의 벽에는 눈에 익은 얼룩과 달력.
달그락달그락, 폴짝폴짝, 또르르 콩, 또르르 쿵. 그 소리는 바로
왼쪽 책장의 위쪽에서 나고 있었어요. 또르르 콩, 또르르 쿵.

서재 책장은 너무 커서, 발돋움을 하고 고개를 쭉 쳐들어도 그
위는 보이지 않아요. 거기에는 평소에 사용하지 않는 것—여벌
원고지와 팩스 용지와 잉크와, 와인 코르크를 담아 둔 유리병 같
은 것—이 놓여 있을 거예요. 달그락달그락, 또르르 쿵.

나는 마음을 다지고, 소리의 정체를 확인하기 위해 의자에 올
라가 먼지가 보얗게 쌓인 책장 위를 들여다보았습니다. 그러자.

그 상자 안에서 소리가 나고 있었어요. 뚜껑에 빨간 학종이를
붙인, 가엾게 오그라든 지우개들의 상자입니다. 달그락달그락,
쿵쾅쿵쾅. 소리가 날 뿐만 아니라, 상자 전체가 부르르 떨기도 하
고 흔들리기도 했습니다.

놀란 나머지, 나는 몸이 굳어버렸어요. 숨을 삼키고, 눈조차 깜
박거리지 않은 채 쳐다보면서, 어떻게든 이 상황을 이해할 수 있
는 설명을 찾으려고 열심히 생각했습니다. 안에 쥐가 들어간 걸

까. 바퀴벌레가 새끼를 몇백 마리쯤 낳은 것일까?

그러는 동안에도 소리는 점차 커지고 상자의 흔들림도 격해졌지요. 그리고, 앗! 하고 생각한 다음 순간, 뚜껑이 튕겨나갈 것처럼 들렸다가 다시 제자리로 돌아오더니, 또 들렸다가 세 번째에는 끝내 어긋난 상태가 되고 말았습니다.

자지러질 듯 놀라서 소리도 내지 못하고 있는 내 눈앞에서, 지우개가 하나둘 상자에서 나왔습니다. 어떤 것은 기어 나오고, 어떤 것은 뛰어나오고, 또 어떤 것은 굴러 나왔죠. 꼬리를 물고 줄줄이, 그리고 데굴데굴.

손발이 없는데도 지우개는 뭐라 말할 수 없이 유연하게, 그리고 생기발랄하게 몸을 휘고 꿈틀거리면서 돌아다닙니다. 부옇게 먼지가 쌓인 책장 위에서.

신기하게도 내가 그때 느낀 것은, 공포보다는 그리움이었어요. 다 쓰고 난 지우개를 상자에 보관할 때, 이미 담겨 있는 것을 새삼스레 쳐다보지는 않으니까, 딸기 냄새가 나는 분홍색 지우개, 미로의 그림이 그려진 지우개, 미술 시간에 사용했던 길쭉한 모래 지우개를 보기는 정말 오랜만이었어요.

크기는 저마다 다르지만, 지우개들은 예외 없이 오래 써서 낡고, 거뭇거뭇 더럽고, 모서리가 없는 꼴이었습니다. 그때그때 내

손이, 쥐고 문질러서 그렇게 된 것들.

투둥투둥, 또는 또르르 또르르, 폴짝폴짝, 그런 소리를 내며 지우개들이 나왔어요.

"안녕."

내가 그렇게 인사하자, 책장 위에서 바닥으로 내려와—어떤 것은 조심스럽게 한 칸씩 기어 내려오고, 또 어떤 것은 과감하게 뛰어서— 문을 향해 이동했어요. 한밤중의 서재 바닥을, 꼬맹이 지우개들이 아장아장, 꿈틀꿈틀.

"안녕, 잘 있어요."

"아쉽군요."

"잘 지내요."

어른 같은 목소리, 아이 같은 목소리, 남자 목소리도 여자 목소리도 있었어요. 모두, 가녀리지만 건강한 목소리입니다.

"안녕."

"잘 있어요."

"그럼, 또."

높은 목소리, 낮은 목소리.

나도 모르게 가슴이 찡해졌어요. 동그란 것, 네모난 것, 내가 잘 기억하는 것, 까맣게 잊어버린 것.

"문을 좀 열어줄 수 있을지."

제일 앞에 선, 비교적 큰 지우개―원래는 담뱃갑만 하게 컸던 지우개―가 비교적 큰 소리로 말했어요.

"자, 문을 열어 주세요."

의자에서 내려와, 청하는 대로 거기에 가서 나는 문을 열었습니다. 그러지 않으면 안 될 것 같았어요. 그들이 어디로 갈 생각인지는 모르지만, 반드시 거기에 가야 한다는 걸 알았죠.

어두컴컴한 복도에 서재의 불빛이 비쳤습니다. 그 아련한 불빛 속으로 지우개들이 깡충깡충 이동했어요. 그들은 너무 작아서, 검은 그림자처럼 보였습니다. 망설이지도 뒤돌아보지도 않은 채 앞으로 나아가 계단을 내려갑니다. 저마다 몸을 비틀면서, 한 칸씩, 몸을 던지듯 통통 뜁니다.

나는 그들의 모습을, 선 채로 그저 망연히 바라보았어요. 손때와 먼지와 시간과 기억으로 뒤덮인, 하양 분홍 파랑 지우개들.

손을 내밀면, 집어들 수도 있었겠죠. 한 개 정도는 집어서 간직하면 좋잖아, 하고 누군가는 생각할지도 모르겠네요. 하지만 그건 그때 그 자리에 없었던 사람입니다. 단언컨대, 그때 지우개들의 모습을 봤다면, 그들을 방해할 생각은 절대 못 했을 거예요. 아니 더 나아가 누가 방해라도 하면, 내가 나서서 상대해 주지 싶은 기분이 들었을 거예요.

마지막 지우개를 따라, 나도 계단을 내려갔습니다. 지우개들
은 현관문 앞에 모두 모여 있었어요. 경기 전의 운동선수들처럼,
그 자리에서 깡총깡총 뛰거나 몸을 굽혔다 폈다 하는 것도 있습
니다.

아무도 문을 열어 달라고 하지는 않았어요. 하지만 말하지 않
아도, 그들이 문을 열리기를 애타게 기다리고 있다는 것을 알 수
있었습니다.

자칫 잘못해서 그들을 밟거나 차지 않도록 나는 조심조심 현
관으로 내려갔어요. 현관문의 손잡이를 잡았을 때, 내가 손을 떨
고 있다는 것을 알았죠. 돌이킬 수 없는 일을 하고 있다. 머릿속
어딘가에서, 그렇게 느끼고 있었습니다. 하지만 동시에, 이제는
뒤로 돌아갈 수 없다는 것도 나는 분명하게 알고 있었다고 생각
해요.

힘주어, 문을 활짝 열었습니다. 발치에서 술렁거림과 환성, 그
리고 숨을 삼키는 소리가 들려왔어요.

"고마워요."

그중 하나가 말하고 밖으로 나갔습니다.

"안녕."

"그럼, 갈게요."

저마다 한마디씩 하면서 지우개들은 현관에서 밖으로 나갔습니다. 봄이지만, 밤공기는 눅눅하고 싸늘했어요.

대문을 열어줄 필요는 없었습니다. 꼬맹이 지우개인 그들은 문 밑으로 쉽게 빠져나갔어요. 별도 달도 없는 밤이었어요. 하늘은 그저 캄캄하고 스산하게, 지상의 모든 것을 집어삼킬 것처럼 낮고 고요하게 펼쳐져 있었습니다.

몇십 개의 지우개들이 한데 모여, 집 앞길에서 왼쪽으로 똑바로 나아갔습니다. 가로등 불빛 속에서 그 뒷모습은, 통통하기도 하고 가냘프기도 한 어린아이들처럼 보였습니다. 조롱조롱, 깡충깡충, 보도를 똑바로.

내 손에는 텅 빈 그 상자만 남겨졌습니다. 텅 빈 채, 지금도 책장 위에 놓여 있어요.

이건, 진짜 있었던 얘기에요. 그리고 나와 지우개들의 비밀입니다.

《나는 교실飛ぶ教室》, 2005년 봄호.

《나는 교실》

교과서를 만드는 '미쓰무라 도서출판'에서 예전에 《나는 교실》이라는 잡지를 출간했다. 그러나 이제는 그렇지 않다.°

내 소설을 처음 활자로 만들어준 곳이 바로 이 잡지다. 부제목이 '아동문학의 모험'인 계간지로, 언제나 원고를 모집했고, 심사위원의 눈에 들면 바로 잡지에 실어 주었다.

나는 스물한 살이었고, 직업도 없고, 아르바이트를 해서 돈을

° 독일 아동문학가 에리히 캐스트너의 『하늘을 나는 교실』에서 이름을 딴 아동문학잡지 《나는 교실》은 1981년 미쓰무라 도서출판에서 창간되었다. 1990년부터 발행처를 옮겨 출간되다가 1995년에 휴간되었으며, 2005년 다시 미쓰무라 도서출판에서 복간되었다.

한동안 머물다 밖으로 나가고 싶다

모아 여행 떠날 생각만 하며 지냈다. 여행도 발 닿는 대로 이동하는 것이라, 돈이 떨어지면 집으로 돌아오곤 했다.

「모모코」라는 아주 짧은 글을 써서 출판사로 보내고 여행을 떠났다. 「모모코」가 입선했다는 것은 로마에서 알았다. 테르미니 역의 지하 전화 센터(?) 같은 곳에서, 가족에게 안부를 전하기 위해 콜렉트콜 전화를 했을 때였다.

《나는 교실》에는, 누군지도 모르는 투고자에게 바로 다음 원고를 의뢰하는 훌륭한 점도 있었다. 참 대담하고 인심 좋은 잡지였다고 생각한다.

그러나 계간지인 터라 매호마다 글을 실어도 1년에 네 편, 매호마다 쓰지는 못해서 9편을 싣는데 3, 4년이 걸렸다. 그 아홉 편이 묶여 『차가운 밤에』라는 단편집이 되었다.

『차가운 밤에』는 리론샤에서, 야규 마치코 씨의 예쁜 삽화와 함께 아름다운 장정으로 출간되어, 무척 기뻤다.

하지만 원고를 의뢰해 주는 곳은 여전히 《나는 교실》뿐이어서, 나는 변함없이 아르바이트를 하면서 슬렁슬렁 여행을 하거나 선을 보곤 했다.

내가 했던 아르바이트는 모두 즐겁기는 했지만, 모두 내 성격에 맞지 않았다. 실수하는 일이 잦아, 툭하면 사과를 했다.

어릴 때부터 쓰는 것을 좋아했다. 다른 일보다 잘할 수 있다고도 생각했다. 하지만 다른 일은 하나같이 너무 못하는 탓에, 그런 것에 비해 잘한다고 안이하게 자신감을 가질 수도 없었다.

그런데도 영어 학원이나 서점이나 채소 가게에서 민망하리만큼 뒤처지게 일하는 나날 중에, 쓰는 것 외에 할 수 있는 일이 없는 게 아닐까 하고 어렴풋 의심하기 시작했다.

선을 보는 것도 그랬다. 그날 먹은 음식이 맛있었는지 별로였는지, 그 정도 인상밖에 남지 않았다. 결혼? 이 사람과? 왜? 하고 생각했다.

『차가운 밤에』가 출간된 비슷한 시기에 《페미나》라는, 역시 지금은 없는 잡지에 투고한 글이 상을 받아, 그 일을 계기로 이곳저곳에서 원고 의뢰가 들어오기 시작했다. 기뻐서, 신나게 썼다. '신나게'는 물론 주관적인 표현이다.

그로부터 10년이 지났다.

《나는 교실》에는 정말 감사하고 있다. 그 잡지가 없었더라면, 나는 지금도 슬렁슬렁, 아르바이트와 여행과 선을 오가는 생활을 하고 있을지도 모른다.

_《소설 트리퍼小說トリッパー》, 1999년 봄호.

빵

빵은 내 편이다. 옛날부터 줄곧, 그렇게 느꼈다. 안심할 수 있는 먹거리. 소박하고 조용한.

어렸을 때, 빵을 토스터가 아니라 전열기에 구웠다. 그러는 편이 수분이 날아가지 않아 맛있게 구워지기 때문이었다. 코일 상태의 전열선과 석쇠 사이에 놓는 나무틀은 할아버지가 손수 만든 것이었다. 새로운 것을 좋아하고 손재주가 뛰어나고, 나무에 들러붙은 송충이도 태연하게 떼어서 짓뭉개는 할아버지를, 나는 무척 좋아했다.

빵은, 먹는다기보다 깨문다고 하는 편이 적합하다. 모두 식탁에 둘러앉아도, 빵은 저마다 혼자서 깨무는 것이다. 때로 와삭와

삭. 거기에는 무언가 여정을 닮은 맛이 배어 있다. 바깥 공기를 닮은 것, 외로움을 닮은 것, 오기를 닮은 것.

나는 내가 과자보다는 빵을 닮은 여자라고 생각한다.

내게 빵은 밥보다 훨씬 친근해서, 지금은 일주일에 평균 두 번 정도 먹는다(밥은 이 주일에 한 번 정도). 아플 때도 밥이나 죽은 안 넘어가도 얇은 토스트는 조금 넘어간다. 얇은 토스트는 정말 멋진 것이다. 고소하게 구워진 색감과 냄새와 더불어 반듯하게 네모진 모습도 아름답고, 굽지 않더라도 버터를 조금 바르면 완벽한 맛이 난다. 잼이나 햄, 치즈, 꿀, 오이와 잘 어울릴 뿐만 아니라, 술에 절인 성게알이나, 고춧잎과 멸치조림, 된장국과도 잘 어울린다.

중학교에 들어갔을 때, 학교 매점에서 파는 빵을 보고 가슴이 설렜다. 처음 보는 빵이 아주 많았기 때문이다. 우유빵(동그란 쿠페빵˚이고, 위에 연유 맛이 나는 설탕 아이싱이 얹혀 있다), 달팽이 빵(편평하고, 파이처럼 생긴 빵인데 달팽이처럼 뱅글뱅글 돌아가고, 피넛 크림이 표면을 뒤덮고 있다), 메밀빵(길쭉한 쿠페빵에 볶은 메밀과 붉은 생강이 끼여 있다) 등등, 지금도 기억하고 있다.

멋있고 맛있다고 생각지는 않지만, 조금 좋아하는 빵도 있다. 멜

˚   내용물을 넣어 먹을 수 있도록 가운데를 반으로 가른 핫도그용 빵의 일종.

론빵과 찜빵이다. 양쪽 다 소박한 풍정과 간결함에 끌린다. 싼 빵이지만, 마음이 곱고 애처롭고 귀여운 여자 같다는 기분이 든다.

멋지고도 맛있는 것은 물론 바게트 빵이다. 자르면 껍질이 바삭바삭 소리를 내면서 살짝 깨지고, 안에서 김이 오르는 막 구워낸 바게트의 행복. 그 상태에서는 뭘 바르지 않아도 한 개를 다 먹을 수 있다.

그렇게 뜨겁지 않더라도, 바게트 빵은 따끈할 때 사서 그날 바로 다 먹어야 한다. 이건 나와 여동생 사이의 규칙으로, 같이 살던 시절에는 깊은 밤에 비디오로 영화를 보면서 묵묵히 잘라, 묵묵히 버터를 바르고, 묵묵히 먹었다. 언젠가 또다시 여동생과 같이 살게 되면, 우리는 또 똑같이 그렇게 하리라.

두 번째로 좋아하는 빵은 호밀빵. 작고 얇고 쫀쫀하고, 짙고, 시큼한 맛도 곡물 냄새도 강하게 풍기는 것. 버터나 세미하드 치즈와 함께 먹는다. 외국에서 식사를 할 때 가장 좋아하는 메뉴는 독일 빵이다. 독일에 갈 때면 기내식마저 기대가 된다.

또 이건 자주 없는 일인데, 기무라야 빵집에서 구운 카레빵을 사면, 아침부터 나에게 맥주를 허용한다. 맑게 갠 날 아침에만 먹기 때문인지 맥주도 시원하게 몸에 흡수된다.

빵과 버터를 좋아하는지라, 커트러리 중에 버터나이프에는 특별한 애착을 느낀다. 아주 먼 옛날, 할머니가 설거지를 하다가 내 버터나이프를 배수구에 떨어뜨린 일이 있었다. 손잡이에 십자무늬가 새겨진 것이었다. 나는 철없게도 엉엉 울면서 할머니의 부주의를 책망했다. 지금도 반성하고 있다.

빵집도 특별한 장소다. 여행지에서 바 다음으로 자주 찾는 곳이 빵집이다. 건물 안이 아니라 길가에 있기를 바라는 곳도 바와 레스토랑과 꽃집과 과일 가게와, 그리고 빵집이다.

마지막으로, 바게트와 호밀빵 다음으로 좋아하는 쿠페빵. 쿠페라는 말이 우선 좋다. 나직하고, 살짝 달달하고, 맛이 깊다. 쿠페빵에는 아무것도 바르지 않는다. 그대로 뜯어 먹는다. 그러면, 왠지 혼자서라도 살아갈 수 있다, 하는 경솔한 생각이 든다.

잼이 든 빵도 쿠페빵의 일종이라고 생각한다. 단순한 타원형으로 안에 잼이 들어 있다. 우리 어머니는 단팥빵이나 크림빵에 비해 잼이 든 빵은 격이 떨어진다고 생각해서, 경멸하는 뜻으로 재미빵이라고 불렀다. 그 일화를 가지고 나는 「재미빵」이라는 단편소설을 썼다. 과자보다 빵을 닮은 한 여자와, 역시 과자보다 빵을 닮은 딸의 얘기다.

_《아톤ぁとん》, 2004년 12월호.

그릇장 속에서

열세 살에서 열다섯 살. 그날들에 대해 내가 기억하고 있는 것은 고독입니다. 그릇장 속에 있지만, 사용되지 않는 그릇처럼 고독했죠.

그래서, 이미 그렇지 않은 지금, 그때의 그 고독은 필요한 것이었다고 말할 수 있습니다. 그릇장 속에서 가만히 웅크리고 있던 서늘한 시간, 그 어슴푸레함.

나는 그곳에서 내가 되었다고 생각합니다.

어른이 아이에게 하는 말은 아주 많습니다. 꿈을 가져라, 뭐 하나라도 좋으니 열중할 수 있는 것을 찾아라. 호기심을 가져라, 친구를 많이 만들어라. 필요치 않습니다, 하고 나는 단언합니다. 물론 그것들을 정말 갖고 있다면 좋겠지만, 없어도 아무 문제없습니다.

어렸을 때, 나는 꿈이 없었고, 열중할 수 있는 것도 호기심도 없었습니다. 친구도, 그렇게 많지 않았고요. 그럼, 매일 뭘 했느냐고요. 그저 봤습니다. 타인을, 세계를, 자신과 연관이 있는 것으로서, 그저 봤습니다. 그릇장 속의 그릇이니, 달리 할 수 있는 일이 없었죠.

자신과 자신 이외의 것이 이어질 때, 세계는 갑자기 열립니다. 이건 정말이에요. 그러니 그전까지는 가만히 있는 것도 괜찮아요. 다만 눈을 크게 뜨고, 귀를 기울이고, 몸의 감각이 무뎌지지 않도록. 비가 내리면 누구보다 빨리 알아차릴 수 있도록. 고양이 털과 개털의 감촉을 구별할 수 있도록. 암염과 천일염의 맛이 어떻게 다른지를 정확하게 알 수 있도록.

모든 것을 스스로 느낄 것.

그릇장에서 나왔을 때, 그것들이 기본 체력이 됩니다.

_게재지 알 수 없음.

2009년의 일기

10월 15일 목요일

아침부터 깔끔한 쾌청. 겨우 시원해져서 반가운 나머지, 마냥 내버려 두었던 마당의 잡초를 뽑고, 두 시간 동안 목욕을 했다. 나와서, 씨 없는 피오네 포도를 잔뜩 먹었다. 오후, 일. 부에노스 아이레스와 도코로자와를 오가는 소설, 진척이 없었다. 다섯 시간 후, 조금도 쓰지 못해 패배감에 젖었다. 개와 산책. 늦은 저녁 약속, 약속 시간까지 여유가 있었지만, 다시 책상 앞에 앉을 기력이 없어서 친구가 준 DVD 〈오르페브르 36번가〉를 보았다. 신나고 재미있어서 금방 기운을 되찾았다. 자양강장에, 재미있는 영화만큼 좋은 것도 없다. 힘이 솟고, 인생과 이야기는 좋은 것이라고 생각하게 된다. 쓰다가 막힌 원고도 반드시 쓸 수 있을 것, 이라는 턱없이 흥분한 기분으로 늦은 저녁을 먹으러 나갔다. 니시아자부의 인도 레스토랑. 조그맣고, 조용하고, 푸근한 가게. 오랜만에 갔는데, 가게 할아버지가 건강해서 안심했다. 탄두리 치킨과 카레와 채소가 든 요구르트를 먹었다.

10월 16일 금요일

아침부터 깔끔한 쾌청. 두 시간 목욕. 나와서 무화과와 씨 없는 피오네 포도를 먹었다. 오후, 일. 부에노스아이레스와 도코로자와를 오가는 소설, 어제 예감했던 것만큼은 써지지 않았지만, 그래도 조금은 썼다. 기운을 북돋기 위해 다른 DVD를 보고 싶은 욕구에 시달렸지만, 간신히 참고 전투를 계속했다. 소설을 쓰는 동안은, 나는 '전투를 한다.' 하고밖에 형용할 수 없는 기분으로 지내는데, 그런데, 무엇과? 그건 정말 수수께끼다.

깊은 밤, 이번 달에 마감해야 할 분량이 완성되어 담당 편집자에게 메일로 보고했다. 바로 회신이 왔다. 택배로 보내지 않아도 아직은 시간 여유가 있다고 해서, 다음 주에 만나 건네기로 했다. 안심하고 잠들었다.

10월 17일 토요일

구름 때로 비. 싸늘하고 음울한 토요일. 두 시간 목욕. 나와서, 오렌지와 씨 없는 피오네 포도를 먹었다. 어제 저녁 늦게 개가 토해서, 오후, 확인을 위해 동물병원에 데려갔다. 어이없을 정도로 기운차서, 신의 축복이라고 여겼던 개인데, 요즘 통 기운이 없다. 두 눈의 시력을 잃은 데다 다리도 약해지고, 귀도 염증이 심하다. 화장실에서 볼일을 보기는 하는데 스스로는 '끝났다'고 생각해도 아직 끝나지 않은 경우가 종종 있어, 바닥에 물방울무늬 길이 생기곤 한다. 본인은 모르는 것 같으니 혼을 낼 수도 없다. 친절한 수의사에게 "나이가 나이니까 어쩔 수 없죠. 그래도 이 녀석은 잘 버티고 있는 겁니다." 하는 말을 듣고, 늘 먹는 약을 받아 가지고 돌아왔다.

비는 내리는데, 슬픈 마음으로 남편과 같이 슈퍼마켓에 가서 식료품을 산더미처럼 사가지고 왔다. 더 이상 슬퍼지지 않도록, 돌아와서는 요리에 온 정신을 쏟았다. 소금물에 삶은 돼지고기, 생선 구이, 버섯 스튜, 이것저것 너무 많이 만들어 두서없는 메뉴가 되고 말았다.

10월 18일 일요일

구름 때로 비. 두 시간 목욕. 나와서, 무화과와 씨 없는 피오네 포도를 먹었다. 그 다음에는 종일 일했다.『스텔라가 아주아주 어렸을 때When Stella was Very, Very Small』을 번역, 크리스마스에 추천하는 책에 대한 짧은 글 등.

10월 19일 월요일

쾌청. 두 시간 목욕. 나와서, 파파야와 씨 없는 피오네 포도를 먹다. 이 가을, 나는 씨 없는 피오네 포도만 먹고 있다. 오후, 일. 《마이니치 신문》의 서평을 쓰기 시작했지만, 난항. 하지만 소설과는 달라서, 패배감에 젖지는 않았다. 시간이 걸릴 뿐, 이라는 기분. 저녁때 개와 산책한 후, 갑자기 당구가 치고 싶어져 편집자이자 친구인 B씨에게 전화, 기꺼이 승부(B씨는 당구를 아주 잘 치기 때문에, 실제로는 거의 게임이 되지 않는다)에 응해 주었다. 동네에 있는 당구장에 가서, 한 시간 반, 당구를 쳤다. 불필요한 생각을 안 해도 되니까, 머리가 정리되는 기분이다. B씨와 간단하게 저녁을 먹은 다음 집에 돌아와 쓰다 만 서평을 썼다.

10월 20일 화요일

반짝반짝 갠 하늘. 두 시간 목욕. 파파야와 피오네. 먼저 개를 산책시키고, 진구 구장의 연식 야구장에 갔다. 신초샤의 소설지 《yom yom》의 일로, 내가 스코어러로 있는 아마추어 야구팀이 코치를 맞이하는 날. 전 한신 타이거스의 선수였던 나카노 사토루 씨의 빛나는 지도에 감명을 받고, 무모하기까지 한 행복감에 빠졌다. 연습이 끝난 후에도 중국집에 이어 바로 장소를 이동해서, 다 같이 늦게까지 마셨다. 구경하러 왔던 여동생과, 한신 팬인 아버지가 살아 있었다면 같이 마실 수 있었는데, 하고 말했다. 우리를 야구장에 데려가 스코어 매기는 방법을 가르쳐 주었던 아버지.

10월 21일 수요일

구름. 두 시간 목욕. 씨 없는 피오네 포도를 먹고 일. 저녁때 서평이 완성되어 팩스로 보내고 개와 산책. 급하게 준비해서 에비스 웨스턴 호텔 바에 갔다. 작년에 어머니가 돌아가셔서 상속 문제로 세무사와 법무사를 만났다. 세금과 법률 얘기는 골치 아플 것 같아 불안한 마음에 샴페인으로 기운을 북돋았다. 젊은 두 전문가가 이런저런 설명을 하고, 어려운 부분은 저희들이 처리하겠습니다, 하는 말까지 해주니 안심이다. 두 사람이 돌아간 후에도 나만 거기 남아 샴페인을 한 잔 더 마셨다. 아버지도 어머니도

다 돌아가셨네, 하고 생각했다. 올 때는 저녁이던 창밖이 완전히
어두워졌다.

_《신초新潮》, 2010년 3월호.

소박한 소설

상을 받는 것은 늘 기쁜 일이지만, 이번에는 정말 갑작스러워 더욱 기쁘군요. 어쩌다 우연히 그 겨울 처음 내리는 눈의 첫 눈송이를 봤을 때 같은 기분입니다.

언어만으로 어디까지 쓸 수 있는지 시험해 보자. 그런 생각으로 쓰기 시작한 소설이었습니다. 모든 소설은 언어로 되어 있으니, 좀 이상한 결심이었는지도 모르겠군요. 하지만 소설을 읽을 때 사람은 거기에서 자신도 모르게 언어가 아닌 것의 영향을 받습니다. 거기에 있는 언어 이외의 것, 그것은 일반론이나 상식, 자신의 의견과 경험, 주위 사람들의 의견이나 경험 같은 것들이죠. 물론 그런 것들도 중요한 요소지만, 소설의 입장에서는 좀 답답할 수도 있으니까, 그런 것들에 윤색되지 않는 장소에서 소설을 써 보고 싶었다고 생각합니다.

내러티브, 라는 것에 대해서 생각해 봤습니다. 명사가 아니라, 형용사인 내러티브입니다. 사전을 찾아보니,

① 이야기체(식)의
예: a narrative poem (이야기체 시)

② 설화의, 화술의
예: narrative skill (화술)

이렇게 두 가지 용례가 있어서, 나는 응, 그렇구나, 내러티브로써 보고 싶네, 하고 생각하는 한편, 음, 글쎄, 하고 당혹스럽기도 했습니다.

사전에는 narrative와 똑같은 단어가 명사가 되면 바로 '이야기'란 뜻이라고 쓰여 있기 때문인데요. 그렇다면 내러티브한 이야기, 라는 표현은 이상할 테고, 마찬가지로 내러티브하지 않은 이야기도 성립하지 않게 될 테죠. 내러티브한 소설, 이라고 하면 괜찮을까요.

나는 무언가에 대해 생각을 잘 하는 편이 아닙니다. 그런데도 그렇게 꾸역꾸역, 생각을 했지요.

어렸을 때, 「모모타로」든 「인어 공주」든 「타닥타닥 산」이든 「행복한 왕자」든, 단순한 언어로 알기 쉽게 이야기하는, 또는 그렇게 쓰인 이야기를 그야말로 물을 꿀꺽꿀꺽 마시듯 읽고, 실제로는 본 적조차 없는데—귀신이나, 하반신은 물고기고 상반신은 인간인 생물이나, 북유럽의 공기나, 루비였는지 사파이어였는지, 아무튼 그런 보석에서 떨어지는 눈물을— 알알이 본 것처럼 느꼈던, 그렇게 읽히는 소설을 쓸 수 있다면 얼마나 좋을까요.

알기 쉽게 쓰면 안 되는 것일까. 아주 오래전부터 이런 의문을 품고 있었습니다. 그 의문이, 어려워야만 문학적인 것일까, 하는 종류의 분개가 되어 에너지를 주었던 것 같기도 합니다.

나는 평소에 신문도 주간지도 읽지 않기 때문에, 두 번째 주간지 연재는 여전히 신선한 경험이었습니다. 자유롭게 써도 됩니다, 하고 말씀해 주신 편집부 여러분들께 감사드립니다. 전혀 면밀하지 못했지만, 그러나 작가에게는 반드시 필요했던 몇 번의 취재 과정을 비롯해서 책이 완성될 때까지 많은 분들의 도움을 받았습니다. 나는 무관하다는 듯이 초연했던 존스 씨와 미야코 씨(물론 그럴 상황이 아니었겠죠)에게도.

표지 그림은, 연재 중에 우에노 국립서양미술관에서 우연히 보았습니다. 내가 이 소설 『한낮인데 어두운 방』에서 쓰려한 것을, 고야는 그 오래전에 그렸구나, 하고 생각했습니다. 바로 담당 편집자에게 연락해, 미술관 관계자 여러분의 무진 노력을 거쳐 표지로 인쇄할 수 있게 되었습니다. 불온하고 아름다운 판화입니다.

그런 모든 결과로서, 소박한 소설을 쓸 수 있었다고 생각합니다. 스토리는 고전적(유부녀가 휘청거리는)이고, 결말에 반전이 있지도 않습니다. 흐르는 곳으로 흘러가는 이야기죠.

그런 소설이 상을 받았다는 것이 무척 기쁩니다.

_《후진코론婦人公論》, 2010년 10월 22일호.

실려 온 것

　예전에는 편지 광이었는데, 편지를 쓰는 일이 확 줄었다. 그래서 지금 나는, 반성문을 쓰는 사람 같은 심경이다.

　하지만 편지에는 추억이 참 많다. 같이 살면서도, 여동생에게 거의 매일 썼던 편지, 초등학생 때 처음 집을 떠나 밖에서 자는 체험학습장에 나보다 먼저 도착해 있었던 아버지의 엽서(겨우 하루를 자는 여행이었는데). 여행지에서 친구들에게 일기처럼 써서 보낸 편지. 떠올리기도 끔찍한 연인에게 보낸 편지. 몇 년이나 만나지 못한 친구들에게서 불쑥 날아와 단숨에 시간을 뛰어넘은 듯했던 편지. 뜻하지 않은, 또는 애타게 기다렸던 반가운 편지. 경애하는 이시이 모모코 선생님에게 받은 편지는 지금도 액자에 담겨 서재를 꾸미고 있다.

편지에는 기억하지 못하는 추억도 있다. 기묘하게 들릴 테지만. 가령 이런 글이 적힌 엽서.

오늘 아침 아사히 신문에, 가오리와 몸도, 얼굴도, 똑같은, 여자 아이, 사진이, 실려서, 할머니와, 몇 번이나, 보고는, 웃었다. 가오리도 그 신문 펼쳐서, 엄마와 아빠랑 셋이 같이 보고, 웃으렴.

소인은 1968년 2월. 그 당시 여든이 넘은 할아버지가 '가오리'에게 이런 글을 적어 보냈을 때, '가오리'는 아마 네 살이 될까 말까 했을 것이다. '가오리'인 나는 이 엽서를 받은 기억도, 읽은(또는 부모님이 읽어 준) 기억도 없다. 7엔짜리 우표는 세월에 바래 누래졌고, 만년필로 쓴 글자는 약간 삐뚤빼뚤하다. 그런 엽서가 분명히 내게 있다. 이 기억에 없는 추억이 나를 지켜주고 있다. 모든 편지는 선물이다.

나는 기계를 잘 다루지 못하고 또 싫어하는데, 그래서 하는 말은 아니지만 휴대전화나 컴퓨터로 주고받는 통신문과 편지는 전혀 별개의 것이라고 생각한다. 어느 쪽이 좋다 나쁘다를 말하려는 게 아니다. 비교하는 것에 의미가 없을 정도로, 그냥 단순히 다르다.

편지는 물체이다. 종이이며 잉크이며, 풀이며 우표이며, 쓴 사람의 기척이기도 하다. 냄새가 있고 촉감이 있다는 것, 그것이 배달된다는 것. 소인이 찍히고, 얼굴도 모르는 사람들의 손을 거치고, 전철과 자동차와 배와 비행기에 실리고, 또 내려지고, 비와 눈에 젖기도 하고.

가령 같은 글귀라도, 기계에 갇힌 언어와 종이 위에다 사람이 쓴 언어는 전혀 다른 방식으로 생기를 발한다.

편지 속에는 저마다 다른 시간이 흐르고 있다.

_《가테이가호家庭畫報》, 2013년 6월호.

투명한 상자, 혼자서 하는 모험

글자에는 질량이 있어, 글자를 쓰면 내게 그 질량만큼의 조그만 구멍이 뚫린다.

가령 내가 안녕이라고 쓰면, 안녕이라는 두 글자만큼의 구멍이 내게 뚫려서, 그때껏 닫혀 있던 나의 안쪽이 바깥과 이어진다. 가령 이 계절이면 나는, 겨울이 되었네요 하고 편지에 쓸지도 모르는데, 그러면 그때껏 나의 안쪽에만 존재하던 나의 겨울이 바깥의 겨울과 이어진다. 쓴다는 것은, 자신을 조금 밖으로 흘리는 것이다. 글자가 뚫은 조그만 구멍으로.

가령, 하늘에 구름이 꼈네요, 라고 쓴 편지라면 나는 이어서 쓰리라.

바람이 불어서, 오늘 아침에 쓰레기를 버릴 때 쓰레기통 뚜껑이 날아가 버리는 건 아닌지 걱정이었어요, 하고 쓸지도 모르고(그렇게 쓰면, 우리 집 쓰레기통 이름이 시오나라는 것과, 그 이름이 30년 전쯤에 영국에서 만난 여자에게서 유래하며, 당시, 그녀가 남자친구에게 줄 크리스마스 선물로 알루미늄 욕조 마개를 샀다는 말도 해야 할지 모른다), 또 어쩌면 나는 조금 전에 늦은 아침으로 참기름에 볶은 미역을 먹었어요, 하고 쓸지도 모르는데(사실은 그 외에 오렌지 한 개와 꿀을 넣은 요구르트도 먹었지만, 그 전부를 쓰는 것보다 미역만 쓰는 편이 겨울 부엌의 분위기가 전해질 것이다), 아무튼 상대가 그 편지를 읽는 것은 오늘이 아니라서, 그날은 하늘에 구름도 껴 있지 않고, 바람도 불지 않고, 내가 사는 구역의 쓰레기 수거 날도 아니고, 나의 아침은 토스트이거나 사과일 수도 있다. 그런데도 종이 위에 있는 것은 틀림없는 오늘이다. 쓴다는 것은 시간을 약간 멈추게 하는 것. 멈춰진 시간은 거기에 계속 머문다.

편지든 소설이든, 문장을 쓸 때 나는 내 머리가 투명한 상자가 되었다고 생각한다. 그곳은 언어가 없으면 텅 빈 공간인데, 겨울이라고 쓰면 바로 눈 내린 경치가 되기도 하고, 미역이라고 쓰면 바로 싱그럽고 반투명한 녹색 해초로 가득해진다. 그러니 글자가 뚫는 구멍은 필요하고, 아마 사람들은 예로부터 날마다 그 상자를 오가는 많은 것들을, 글자를 통해 바깥과 이어 왔던 것이리라. 아주 조금 시간을 멈춰놓고, 머물게 할 수 없는 것을 머물게 하려고.

쓴다는 것은, 혼자서 하는 모험이라고 생각한다.

_〈쓴다는 것〉,《주간 신초週刊新潮》, 2016년 12월 15일호.

신비의 베일

세토우치 씨가 출가할 때 나는 아직 어린애였는데,

"와, 큰일이다! 세토우치 씨가 계戒를 받는 것 같아."

"네에?"

아버지와 어머니의 그런 대화를 듣고서, 뭔가 아주 결정적이고 심상치 않은 일이 생겼다고 느꼈던 일이 기억난다. 계, 라는 말을 들은 것도 그때가 처음이었다.

세토우치 씨가 계를 받는다. 그날, 내 머리에는 그런 인식이 새겨졌을 것이다.

세토우치 씨는 물론 세토우치 자쿠초 씨이고, 그녀가 작가라는 것은 알고 있었다. 당시 편집자였던 아버지가 담당했던 작가라서, 집 안에서 실제로 그 이름을 종종 들었다. 갓난아기 적 내가 잠들었던 아기 침대도, 대여섯 살 무렵의 내가 사진 속에서 입고 있는 고급스러운 아동복(프랑스제)도 그분의 선물이라고 들었다. 하지만 내게 그 이름은, 아버지와 어머니의 대화에서만 등장하는 미스터리한 존재였다.

여류 작가, 라는 말 탓이었는지도 모른다. 당시 여자 소설가는 모두 여류 소설가로 불렸다. 그리고 그 호칭에서는 웬지 끔찍한 냄새가 풍겼다. 거기에는 '성'이나 '업', '운명'이라는 말이 지니는, 어떤 유의 피할 수 없음과 유사한 공기가 있었고, 그때 아홉 살이나 열 살이었을 나도 그걸 감지하고 있었다. 나는 여류 작가라는 말에 대해 대부분의 직업과는 달리 선택해서 되는 것이 아니라, 그 사람의 어떤 본질 때문에 그렇게 되지 않을 수 없어 되는 것이라는 인상을 품고 있었다. 미스터리하다. 왜 그렇게 되는지, 어떤 사람이 그렇게 되고 마는지, 알 수 없었다.

그런 데다 이번에는 계다. 계는 무엇인가. 부모님에게 물어 봤지만, 어린아이는 걱정 안 해도 돼, 하는 엉뚱한 대답을 하고는 사전에 실려 있는 정도밖에 가르쳐 주지 않았다. 세속을 버리고 불도에 입문하는 것. 이 또한 큰 수수께끼였다. 승려, 수녀, 성직자. 뒤죽박죽 떠올리고는, '여류 작가'라는 말과는 이미지 차이

한동안 머물다 밖으로 나가고 싶다

가 너무 커서 경악했다.

스무 살 때, 처음 그 세토우치 씨를 만났다. 초여름이었고, 자쿠암(세토우치 자쿠초가 지주로 있는 절_옮긴이)과 마주한 논의 푸르른 벼가 바람에 아름답게 흔들리고 있었다. 자쿠초 씨는 방긋방긋 웃고 있었다. 자그마하고, 피부가 무척 하얗고, 저녁때가 되자 반딧불을 쓱 잡아 소맷부리에 넣고 빛나는 걸 보여 주었다. 정말 소녀 같았다. 그날 밤, 나는 은어를 먹었다. 소금을 뿌려 구운 은어가 몇 마리고 몇 마리고 나왔다. 이렇게 많은 은어를 한 번에 먹는 일은 앞으로 두 번 다시 없을 것이라고 생각했다(지금도 그렇게 생각한다). 그리고 읽기와 쓰기를 좋아하지만, 소설가가 되리라는 생각은 없었던 내게, 소녀 같은 자쿠초 씨가 "글을 쓰려면, 스트립쇼를 할 배짱이 필요해." 하고 말했다. 등골이 서늘해지는 말이었다. 하지만 당시 멍한 데다 세상 물정 모르는 아가씨였던 나는 그 말을 기억은 해도 마음 깊이 새기지는 않고 푸른 벼이삭과 은어의 깊은 맛만 온몸에 새기고 집에 돌아왔다.

스물네 살 때, 페미나상을 받았다. 수상 자체는 기뻤지만, 그때도 내게 쓴다는 것은 취미 수준이었다. 수상식 당일, 심사위원의 한 사람이었던 그 세토우치 자쿠초 씨에게 "쓴다는 건 부업으로 할 수 있는 일이 아니야." 하는 말을 들었다. "열심히 써서 궤짝

한가득 모아놓고, 시작해요." 하는 말도.

그로부터 30년 가까이 지났다. 돌아보니 나는, 어떤 사람이 그렇게 되고 마는 것일까 하고 의문시했던 여류 작가가 되어 있다. 최근에는 그렇게 불리는 일이 좀처럼 없지만, 그런데도 나는 나를 여류 작가라고 생각한다.

그래서, 과거 신비의 베일 너머에 있던 '세토우치 씨'와 친근한 사이가 되었나 하면 그렇지는 않다. 신기한 일이지만, 만나면 만날수록 수수께끼가 깊어진다. 작가로서의 강함, 인간으로서의 고고함, 여자로서의 가련함에 몇 번이고 놀란다.

얼마 전에 잡지를 보는데, 〈겸허한 아흔 살〉이라는 제목의 세토우치 씨 글이 실려 있었다. 거기에 '집을 뛰쳐나온 후에도 소설만큼은 하루도 잊지 않았다. 짝사랑의 애틋함을 짊어지고, 그런데도 그 비정한 등에 매달려 살아왔다.' 하는 글을 읽고, 충격을 받았다. 정말 멀고도 먼 길이다.

같은 에세이 안에 '글자를 찍는 기계는 오래전에 샀는데, 한 줄을 치려고 연습하는 시간에 몇십 장이나 펜으로 쓸 수 있으니, 연습하는 시간이 아까워 기계가 먼지만 뒤집어쓰고 있다.' 하는 말도 있었다. 그 말에도 또 다른 의미에서 충격을 받았다. 몇십 장이나 펜으로, 어마어마하다. 이런 글을 무심히 쓸 수 있게 되려

한동안 머물다 밖으로 나가고 싶다

면, 대체 뭘 지나왔어야 하는 것일까. 여전히, 역시, 신비의 베일 너머에 있다.

_『세토우치 자쿠초: 생명이 되살아 날 때いのちよみがえるとき』,

NHK출판, 2017년 3월.

II

읽기

독서 노트

    이 세상의 아름다운 것, 선한 것이 모두 담겨 있는 책을 딱 한 권 알고 있다. 고요하고 소박하고 청초한 책이다. 게다가 깊은 절망으로 가득하다. 그래서 나는 후안 라몬 히메네스의 『플라테로와 나』를 읽을 때마다 마음이 무척 편해진다. 안심하고 살다가, 안심하며 죽으면 된다고 생각할 수 있기 때문이다.

    이 책에는 '해질녘의 놀이'도 '무화과'도 '자유'도 '연인들'도 '아이들과 물'도 '빵'도 '우정'도 '뒷마당의 나무'도 있다. '우물'도 '살구'도 '여름'도 '개울'도 '일요일'도 '폭풍우'도 '포도 수확'도 있다. '달'도 있고, '기쁨'도 있다. '어린 여자아이'도 '10월의 오후'도 '해묵은 묘지'도 '놀람'도 '청결한 밤'도 '새끼를 낳은 암캐'도 있거니와 '도망친 수소'도 있고, '하얀 암말'도 있고, '늙은 당나귀'도 있다. '미치광이'도 '백치 아이'도 '폐병을 앓는 딸'도 있다. '종루'도 있고 '죽음'도 있다. 즉 모든 것이 다 있다.

나는 이것들을 그림으로 그리면 참 좋겠다고 생각한다. 그림 은 그저 거기에 있을 뿐인 것을, 그저 거기에 있을 뿐인 것으로 그릴 수 있다. 문장은 그렇지 않다.

예를 들어서 한 풍경을 묘사하려 할 때, 한구석에 꽃이 피어 있다 치면, 그것은 거의 눈에 띠지 않는 조그만 꽃이어서 사람 들은 대개 보지 못하고 지나칠 만큼 조용히 거기 있는데, 그래 도 숭고하리만큼 새하얗고 가냘픈 꽃이기도 하다. 문장으로 묘 사하면, 그걸 읽은 모든 사람들이 그 꽃에 정신을 빼앗기고 만 다. 순간이기는 하지만, 꽃에 정확하게 초점이 맞춰진다. 숭고 할 정도로 새하얗고 가냘픈 꽃, 이라고 쓰면 특별한 꽃인 것처 럼 되고 만다.

그런데 그림으로 그리면 다르다. 소박한 것을 소박한 대로 거 기에 정착시킨다. 그런 무구함을 나는 때로 몹시 동경한다.

다만 거기에 있을 뿐인 것.

『플라테로와 나』는, 내가 아는 한 유일하게 그걸 문장화한 책 이다. 확대하지도 축소하지도 않은 채, 농축도 희석도 없이, 이 세상의 선하고 아름다운 모든 것을 쓰고 있다.

그것은 소리 없이 마음을 연 사람의 시선이다. 절망과 고독을 순순히 받아들인 사람만이 지닐 수 있는, 물처럼 투명하고 담담한 시선.

그리고 당나귀 또한, 이 책의 주역으로 완벽한 동물이다. 욕심이 없고 착하고 순진하고, 건전하게 지쳐 있고 그리고 조금 서글프다. 무언가의 상징인 당나귀가 아니라, 어디까지나 구상으로서의 당나귀.

내게도 당나귀가 한 마리 있으면 좋겠다고 생각한다. 당나귀와 뒷마당과 무화과나무와, 산책할 수 있는 길과 쉴 수 있는 언덕, 그리고 조그맣고 시원한 샘. 그러면 소설을 쓰지 않고 '무한하고, 평화롭고, 한없는' 해질녘의 세계에서, 마음 편히 살아간다. 나는 착한 것이 좋다.

《분가쿠카이文學界》, 1996년 1월호.

모색과 판단—내 인생을 바꾼 소설

인생을 바꿔버리는 위험한 책에는, 최대한 근접하지 않도록 주의하고 있다.

하지만, 그런데도 니 인생은 실로 한심하게, 가요의 노랫말에서 비스킷 통에 쓰인 선전 글귀까지, 거의 모든 문장에 반응해 변화하고 휘둘리니 참 난감하다.

그런 식이라, 지금까지 읽은 모든 책에 내 인생이 뒤틀려 왔다고 할 수 있다. 뒤틀리는 것을 싫어하지는 않는다.

『플라테로와 나』는 정말 아름다운 책이다. 어린 시절에 세계에 품었던 경외심과 두려움—인생은 모색의 연속이고, 그럴 때마다 옳은 판단이 요구된다고 믿었던 나는, 모색과 판단에 몹시 서

툰 아이었기 때문에, 인생이란 것을 두려워했다──을 불식시켜
주었다.

세계는 내게 아무것도 요구하지 않는다.

그렇게 생각했을 때 내게 찾아온 자유와 행복. 올바른 판단 따
위는 처음부터 없었다. 세계는 이렇게 조화롭고 아름답고, 나는
그저 거기에 있기만 해도 된다.

다른 말이 아니라, 모색과 판단에서 나를 더 멀리 떨어지게 한
책이다.

_《소설 신초小說新潮》, 1997년 9월호.

자유

① 『천애天涯1: 새는 날고 빛은 흐르고鳥は舞い 光は流れ』, 사와키 고타로 지음.

② 『티파니에서 아침을』, 트루먼 카포트 지음.

③ 『Z짱z CHAN』, 이구치 신고井口真吾 지음.

④ 『뉴햄프셔 호텔The Hotel New Hampshire』, 존 어빙 지음.

⑤ 『우미인초』, 나쓰메 소세키 지음.

십 대 시절에 내가 가장 선망했던 것은 그 무엇보다 '자유'였다. 무턱대고 선망하고는, 자유를 얻기 위해서면 뭐든 한다고 생각했는데, 하지만 물론, 뭘 하면 좋을지 몰랐다. 어디로 가면 그걸 얻을 수 있는지, 왜 그렇게 갖고 싶은지도 몰랐지만, 자유라는 게 실제로 무엇인지도 전혀 몰랐다.

몰랐지만, 필요했다고 생각한다. 자유 자체가 아니라, 자유를 선망하는 것이.

나는 게으르고 소극적인 아이였지만, 자유에 관해서만은 엄청 나게 의욕적이랄까 야심에 차 있었다. 언젠가는 반드시 내 손에 거머쥐고 싶다고 생각했다.

그런데, 알고 보니 자유로운 장소에 있었다. 무언가를 거머쥔 것도 아니었다. 애당초 처음부터 거기에 있었다. 사람은 자유로 워지는 것이 아니라, 그 자체로 자유롭다. 오히려 자유에서 벗어 날 수 없다.

대부분의 사람들은 애써 부자유를 찾고, 거기에서 안심을 얻고, 가끔 엉뚱한 짓을 하면서 자유를 구가하거나, 상황에 맞춰 누린다.

그러나 자유란 늘 거기에 있는 것이다. 내 개인적인 느낌으로 그것은 들판과 비슷하다.

그래서 '자유'를 둘러 싼 다섯 권.

① 아름답고 적막한 수많은 사진과, 무구함으로 감동을 주는 짧은 글이다. 지금 여기 있다는 자유. 지금 다른 장소에는 없다는

것, 하지만 다른 장소가 지금 존재한다는 것. 어제는 어디에 있었고, 내일은 어디에 있을 것인지는 설명하거나 가르치는 것이 아니라, 느끼는 것.

② 영화로 유명하지만, 카포트는 읽는 보람이 있는 작가니까 읽어 보시길. '자유'를 찾는 여자의, 자유와 부자유의 역설을 씁쓸하면서도 달콤하게 그려낸 중편.

③ 풍요롭고 넉넉하고 입말이 살아 있는 그림책. 모든 것이 있는 '쥐구멍'과 '가장 갖고 싶은 것'을 둘러싼 이야기.

④ 특히 자유가 없는 것으로 그려지기 쉬운 '가족'을 다루지만, 스토리가 단단하고 자유로운 장편 소설로, 용기가 난다.

⑤ 『마음』과 『도련님』을 읽고, 소세키는 따분하다고 느낀 사람들에게 강추.

_《아사히 신문朝日新聞》, 1999년 8월 28일호.

마가릿 와이즈 브라운

어려운 일을 간단한 일인 것처럼 보이게 하는 것은 무척 미국적이다. 마가릿 와이즈 브라운은 아주 미국적인 작가라고 생각한다. 그리고 만약 그녀의 그림책을 미국적이라고 한다면, 미국은 얼마나 샤프하고 건전하며 세련된 나라인지.

『모두 잠이 들어요』,『시끄러운 책The Noisy Book』,『중요한 사실』,『잘 자요, 달님』,『엄마, 난 도망갈 거야』,『작은 기차』…….

어느 한 권을 펼쳐 보아도, 특별하고 눈부시게 아름다운 그림책들.

가령『중요한 사실』은 이렇게 시작된다.

The important thing

about a spoon is

that you eat with it.

It's like a little shovel,

You hold it in your hand,

You can put it in your mouth,

It isn't flat,

It's hollow,

And it spoons things up.

But the important thing

about a spoon is

that you eat with it.

그 다음 페이지에는 데이지의, 그 다음 페이지에는 비의, 눈의, 사과의, 과연 무엇이 중요한지가 아름답고 새침하게, 그러나 놀라우리만큼 본질적으로 이어진다.

'본질적'이라는 것은 마가릿 와이즈 브라운의 특징이다. 이 책 한 권만 아니라, 그녀는 늘, 모든 사물—예를 들어 밤, 예를 들어 열차, 예를 들어 개, 예를 들어 엄마와 아이—의 가장 중요한 점에 대해서 분명하게 알고서(또는 정하고서) 문장을 만든다. 그게 가장 중요하다고 나는 생각한다.

나는 마가릿 와이즈 브라운의 작품에 심심한 존경과 동경을 품고 있다. 그래서 전면적으로 긍정한다. 그녀는 42년 생애에 약 백여 권의 그림책 텍스트를 썼는데, 내가 아는 것은 그 일부이지만, 아는 책만 해도 충분히, 아니 모르는 책까지 포함해서 전면 긍정. 누군가를 좋아한다는 것은 그런 것이다.

얼마 전에 『크고 붉은 헛간Big Red Barn』이라는 그림책을 번역했다. 와이즈 브라운의 풍요로우면서도 간결한, 그리고 조심스러운 시를 품은 영어를 일본어로 옮기는 작업은 무척 유쾌했다.

나는 그녀의 '언어를 다루는 힘'을 동경하고 있다. 그림책은 그림으로 구성된다는 단순한 사실과, 문장은 언어로 구성된다는 단순한 사실.

그녀의 언어는 샘물 같다. 조그맣고 기운찬, 천연의 샘물. 부드러운 흙 아래 깊은 곳의 차가움과 향기롭고 따스한 태양의 빛을 몸 안에 품고서, 튀고 방울지면서 즐겁게 샘솟는 물.

게다가, 언어 하나하나의 색과 냄새와 감촉이 완벽하게 계산되어 있다.

정말 굉장한 것은, 그녀가 어린이를 위한 시점을 갖추고 있다는 점이다. 어린이의 시점이 아니고 어린이들을 위한 자세도 아닌, 어린이를 위한 시점. 아마도.

그 결과, 말랑말랑한 언어와 간결한 표현, 그리고 풍요로운 세계관으로 뒷받침된 그런 그림책들이 탄생한 것이리라. 진 샬럿, 클레멘트 허드, 레너드 웨이스가드. 화가들 역시 어마어마한 면면들. 정말 짜증난다.

마가릿 와이즈 브라운의 그림책이 한 권 한 권, 더할 나위 없이 잘 어울리는 화가들과의 협업이라는 사실을 '행복한 만남'이나 '그림책의 황금기'여서 가능했다고 말할 수도 있고, 화가와 작가의 '방법론'으로 말할 수도 있을 테지만, 가장 중요한 것은 지금, 여기에, 그저 좋다는 말로밖에 형용할 수 없는 몇 권의 그림책이 존재한다는 것. 그걸 읽을 수 있다는 것. 몇 번이든 그 세계로 갈 수 있다는 것. 우리가 그것을, 우리의 책으로 할 수 있다는 것.

_《MOE》, 2001년 9월호.

기묘한 장소

구니에와 가즈코와 미미코는 타인의 눈에는 비슷하게 나이를 먹은 여자로 보일 것이다. 나이는, 구니에가 예순아홉, 가즈코는 쉰둘, 미미코가 쉰이었다. 젊은 시절부터 화장을 그다지 하지 않았던 구니에는 화장을 안 해도 하얗고 탄력 있는 피부가 자랑이고, 키가 크고 마른 체형인 데다 자세가 좋아서 자기 나이보다 훨씬 젊어 보인다. 반대로 가즈코는 다소 늙어 보인다. 검은 코트에 검은 장갑, 검은 부츠 등 온몸을 검은색으로 휘감은 모습은, 그러는 편이 날씬해 보일지도 모른다는 얄팍한 생각이 거의 버릇이 된 탓인데, 별 효과는 없다. 한편 미미코는, 과거에 승무원으로 일했던 경력이 엿보이는 화사한 외모인데, 어차피 화장도 옷차

한동안 머물다 밖으로 나가고 싶다

림도 너무 화려해서 조금은 기괴한 데다, 나이를 알 수 없지만 젊지 않다는 것은 분명히 알 수 있었다. 그런 탓에 세 여자는 비슷한 나이로 보였다. 중년 여자 중에서도 나이가 많은 축에 속하는.

세 여자가 만나는 것은 오랜만이었다. 약속 장소는 해마다, 역에서 나와 오른쪽 계단을 내려가면 있는 파출소 앞이었다. 구니에는 버스로, 가즈코는 전철로, 미미코는 택시로 그곳에 도착했다. 구름 끼고 추운 날의 정오였다.

"날씨가 영 안 좋네. 눈이 내릴 것 같아."

인사 대신 구니에는 그렇게 말하고 무스탕 코트 깃을 여몄다.

단골인 프렌치 레스토랑에서 점심을 먹는다. 세 여자의 연례행사다. 전에는 단독 주택을 개조한 이 조그만 가게에 셋 다 잘 왔지만, 요리사도 종업원도 그 무렵과는 완전히 바뀌고 말았다.

"에?"

최근에 귀가 약간 멀기 시작한 구니에는 요리에 대해 설명하는 웨이트리스의 목소리가 잘 들리지 않아 두 번이나 되물었다. 메뉴는 손에 들고 있고, 형식적인 설명 따위는 그냥 듣고 흘려버려도 된다고 생각하는 사람도 있을 수 있지만, 이 여자들은 절대 그러지 못하는 성격이었다.

"지금 이 사람이 뭐라고 했니?"

구니에가 묻자,

"엄마, 그런 식으로 말하면 듣기 안 좋지."

하고 가즈코가 나무란다.

"뭐라는지 모르면 주문할 수가 없잖아."

옳은 말이지, 하고 단호하게 말하는 것은 미미코고, 미미코는 설명을 반복하는 역할을 맡는다. 난감한 건 셋 다 잘 웃는다는 점이다. 지금 이런 대화를 나누는 중에도 셋은 상황 자체가 재미나고 웃겨서 키들키들 웃고 있다.

"웃으면 안 되지. 왜 웃어."

그렇게 말하면서 가즈코도 웃고 있다.

"아니, 그쪽 때문에 웃는 거 아니야."

구니에가 웨이트리스에게 말한다. 웨이트리스로서는 당연히 이유를 알 수 없으니 뚱한 표정을 한 채 서 있을 수밖에 없었다.

"이러니 세상 사람들이 중년 여자를 싫어하지."

"하긴 그렇지."

여전히 웃으면서, 세 여자는 태연하게 말한다.

식사를 하면서 그녀들이 하는 얘기는 '아빠가 살아 있을 적' 일과, '최근에 있었던 기묘한 일' 두 가지다. 아빠는 20년 전에 세상을 떠난 구니에의 남편이고, 가즈코와 미미코의 아버지다.

기묘한 일이란 세상 사람들의 처신과 말투로, 셋은 거기에 큰 관심을 갖고 있다. 방관자로서의 관심.

"얼마 전에 K역에서 말이지."

예를 들면 가즈코는 이렇게 보고한다.

"여학생 둘이 계단을 내려가면서 '전철 빨리 왔으면 좋겠다.' '아, 이쪽 방면 오같다.'라고 하잖아."

"오같다? 그거 사투리니?"

미미코가 눈썹을 치켜 올리고 물었다.

"그렇게 생각하지. 그런데 아니더라니까. '오는 것 같다'는 뜻인 것 같았어. 전후 맥락으로 봐서."

"호오, 신기하네. 요즘은 그렇게 말하니?"

"어이가 없지."

"그러게, 어이가 없네."

셋은 저마다 말한다. 애당초 그녀들은 세상을 '기묘한 장소'라 여기고 있었다. 게다가 그 세상이 해마다 점점 더 기묘해진다고. 구니에로서는 남편의 죽음에서 시작된 일이었다. 가즈코와 미미코는 언제부터인지 모르게 시작된 일이었다. 아무튼, 세 여자에게 세상은 이미 자신들의 이해 범위를 넘어선 것이었다. 가즈코는 회사에 다니고, 미미코는 집에서 영어를 가르치고 있다. 가즈코에게는 남편이 있고, 미미코는 독신이지만 남자와 같이 살고 있다. 그러나, 그런 상황은 자신과 세상과의 거리를 벌리기만 했지 좁혀주지는 않는다.

식사가 끝나자, 가즈코와 미미코 둘이 계산을 치렀다.

"자, 준비 됐니?"

구니에가 엄마답게 앞장서서 레스토랑을 나서자, 셋은 마음을 다잡고 슈퍼마켓으로 전진한다.

연말 장보기가 이날 만남의 명분이다. 셋은 절대 구두쇠는 아니지만, 평소에는 절약을 유념하고 있다. 다만 1년에 한 번, 이날만은 예외였다.

전에 이 행사에 끌려왔던 가즈코의 남편은, 셋의 맹렬함에 혼비백산해서는 두 번 다시 참가하지 않게 되었다. 그때 남편이 가즈코에게 했던 말, '마치 괴물 같군.'은, 셋 사이에서 지금도 얘깃거리가 되고 있는데, 그를 비난할 수는 없을 것이다.

아무튼 세 사람은 '정월이라고 생각하면 기분이 들뜨고', '쪼잔하게 굴고 싶지 않고', '한동안 가게도 문을 열지 않으니까 부족한 게 생기면 큰일이고', '왠지 신이 나서', '카트에 뭘 담았는지도 모를' 정도로 쇼핑을 한다. 게다가 말도 많고 잘 웃어서 사람들 눈에 잘 띈다. 가장 많이 사는 것은 채소와 과일이다. 그것은 '풍성한 느낌이 들기 때문'이고 '이 나이가 되니까 육류를 별로 먹고 싶지 않아서'이고, 그러나 '단백질은 중요하니까' 물론 고기와 생선도 산다. '냉동 보관할 수 있으니까' 잔뜩. 빵과 우유는 필수품이고, 평소 먹지 않는 치즈와 초콜릿도 불쑥 사고 싶어진다. 예쁜 종이 냅킨도. 한 사람이 하나씩 미는 카트 안이 순식간에 수북해진다.

해마다 하는 일이지만 가즈코와 미미코가 놀라 눈이 휘둥그레지는 것은 혼잡한 슈퍼마켓 안에서 구니에의 민첩함 때문이고, 아주 잠깐 한눈을 팔면 둘 다 엄마를 잃어버리고 만다. 마침내 돌아온 구니에는 사탕 캔을 여섯 개나 들고서, 이거 사, 하고 근거 없는 자신감에 차 말하면서, 딸들의 카트에 멋대로 그걸 던져 넣는다. 가즈코와 미미코는 웃고 만다.

그런가 하면 미미코는 통로에 쪼그리고 앉아 주방 세제의 표시 사항을 열심히 읽느라 5분이나 움직이지 않는다. 그 모습을 보고 구니에와 가즈코는 또 웃는다.

그렇게 그녀들은 장을 본다. 두 시간이나 걸려. 시끌벅적하게. 거의 있는 힘을 다해.

밖으로 나오면, 날이 완전히 저물어 있다.

"아아. 어두워졌네."

구니에가 말하고, 약속이라도 있는 것처럼 손목시계를 본다. 아주 오래전에, 남편에게 선물 받은 손목시계를.

"많이 웃었네. 재미있었어."

가즈코와 미미코는 그렇게 말하고는, '짐이 너무 많아 달리 어떻게 할 수 없어서' 택시 승차장에 줄을 선다.

"좋은 하루였네."

"좋은 1년이었네."

"내년에도 즐겁게 살자."

타인의 눈에는 아마도 비슷한 나이로 보일 괴물 같은 세 여자는, 각자 다른 택시를 타고 다른 장소로 돌아간다. 산더미 같은 식료품을 껴안고. 세상이라는 기묘한 장소에서, 새로운 해를 또다시 1년 살아가기 위해.

_ '세뱃돈 소설', 《주간 신초》, 2003년 1월 16일호.

가와카미 씨에게 보내는 편지

가와카미 히로미 씨에게.

잘 지내시나요. 정월에 만나고 처음 인사드리네요. 그때도, 그전의 기치조치에서도, 또 그전의 신주쿠에서도, 나는 술에 취해 눈이 풀어졌거나 또는 헬렐레, 잘해야 갈지자로 걸었는데, 가와카미 씨가 '게슴츠레'한 정도 이상으로 취한 것은 본 적이 없어요. 가와카미 씨의 몸에는 술 전용 내장이 있어서, 그것은 아마도 써늘하고 어두운 동굴 같은 장소일 텐데, 섭취한 주류는 모두 그곳에, 도서관의 책처럼 조용히 쓱 자리를 잡는 게 아닐까요. 그들은 서로 섞이지도 않고, 갖가지 색의 조그만 바다가 되어서 가와카미 씨와 함께 살고 있는 게 아닐까 싶네요. 술도 그렇지만, 가와카미 씨는 보고 듣거나 먹고 마시는 것 전부를 소화하는 대신 몸 안에 간직하고, 그것들과 유쾌하게 공존한다는 느낌이 들어요. 그래서 글을 쓸 때, 갑작스럽고 자연스러운, 있을 수 없는 형태로 혼돈이 줄줄이 행진하는 거라고 생각해요.

그 혼돈, 여유로우면서 질서 있는 어떤 유의 그 불가사의한 혼돈은, 글자가 되었을 때 이미 가와카미 히로미의 손가락이며 손톱이며 숨결인 것처럼 생각됩니다.

어떻게 지내요? 매일 참 덥죠.

나는 얼마 전에 뱀을 밟았어요. 우후후. 사실은 뱀이 아니라, 밟은 것도 아니라, 민달팽이를 손으로 잡았어요. 세 마리. 그런데 어떻게 된 일인지 흐물흐물 녹아서, 유산균음료 같은 색으로 빛나고 애처롭고 아름다웠어요. 우리 개가 길가에서 풀을 먹다가 갑자기 동작을 멈추고, 당황한 표정으로 돌아보았어요. 우리 개는 산책을 하는 중에 나를 돌아보는 일이 거의 없는데. 그런데 돌아봐서, 어떻게 해, 하는 표정을 지었어요. 입가는 젖어서 번들거리고, 민달팽이 세 마리가 털에 엉켜 들러붙어 있었어요. 우리 개가 앞을 보지 못한다는 말을 전에 했던가요. 대체 왜 민달팽이가 세 마리나 거기에서 녹아가고 있었는지 모르겠지만, 개로서는 보이지 않아 거기에 얼굴을 처박았고, 아마 조금은 먹었을 테고,

한동안 머물다 밖으로 나가고 싶다

정말 깜짝 놀란 표정이었어요. 나도 충격을 받았지만, 아무튼 개가 난감해하는 터라 민달팽이를 얼른 손으로 떼어냈는데, 아무튼 거의 녹아서 애처롭게 빛나고 있었기 때문에 어쩌면 좋을지 몰라, 집에 가져가서 물에 풀어주자, 하고 무턱대고 그렇게 했어요. 그렇게 생각한 근거는 없습니다. 서둘러 곧장 집에 돌아갔는데, 손을 펼쳐보니 거기에 민달팽이는 없었어요. 그저 내 손과 손목이 빛나고 있었죠. 민달팽이를 흡수해버리고 말았다. 그렇게 생각했더니 열흘 정도 망연해지고 말았어요. 가와카미 씨는 살아 있는 걸 피부로 흡수한 적, 있나요?

아 참, 다음에 만나면 얘기하려고 했는데, 제임스 팁트리 주니어의 『사랑은 운명, 운명은 죽음Love Is the Plan the Plan Is Death』을 읽었어요. 재미있었어요! 파괴적! 그리고 시적이었습니다. 내가 SF 소설을 싫어하는 이유는 재미없기 때문이고, 결국 이론에 치우치기 때문이라고 주장했을 때, 바로 이 책을 권해 준 가와카미 씨의 독서력이 얼마나 상당한지, 새삼스럽게 경탄하고 말았습니다. 『사랑은 운명, 운명은 죽음』은 단편집이지만, 모든 작품이 재미있었어요(그런데 이 작가는 제목을 참 잘 짓네요. 가와카미 씨도 잘 짓지만요. 그리고 나도 조금은 그렇지만).

"무엇에게 어떤 안녕을 말할까."

"나는 아주, 아주 예수 같은 기분입니다! 더 토속적으로 가죠!"

"요 녀석, 돼지 같은 말을 하고."

군데군데 우습고 청결하고 절망적인 언어가 출현한 것에도 놀랐습니다. 와일드하고 위험한 책이네요.

또 언젠가 술 마셔요. 남자 얘기도 하고요. 그런 때 가와카미 씨가 한 손을 꽉 쥐고, 긴 머리를 찰랑찰랑 흔들며 고개를 기울이고, 눈을 감고서 "끄윽" 하는 그 "끄윽" 소리가 듣고 싶어요.

《유레카ユリイカ》, 2003년 9월호.

그림책의 힘

그림책에 아무 힘이 없다 해도 나는 그림책을 좋아하지만, 난감하게도 그림책에는 힘이 있습니다. 내게 그림책의 매력과 그림책의 힘은 똑같지 않아요. 힘은 어디까지나 결과입니다.

하지만 아무튼 좋은 그림책에는 힘이 있어서, 한 권 읽을 때마다 마음이 튼튼해지죠.

나는 보호받는 걸 좋아해서 '지켜주고 싶어지는 타입'을 동경하니까, 마음이 튼튼해지면 곤란합니다. 하지만, 점점 튼튼해지죠.

그래서 곤란해지느니 그림책을 읽지 않으면 되지 않느냐, 하고 말할지도 모르겠군요. 하지만 그럴 수는 없어요. 그림책의 매력 때문입니다.

위험해요. 맛있지만(매력), 칼로리가 높은(힘) 과자와 같죠.

그림책은 한 권마다 독립적인 왕국 같은 것이라서, 늘 완성되어 있습니다. 그림책을 읽는다는 것은, 읽지 않았다면 볼 수도 들을 수도 없었던 그 왕국을 몸속에 소유하는 일입니다. 그러니 좋은 그림책을 많이 읽으면, 풍성하고 튼튼해지죠. 무서운 일입니다.

《MOE》, 2005년 7월호.

그 은밀한 기적, 책들이 만드는 음울함의 깊이

도로 변에 있는 창가에는 계절에 어울리는 책이 진열되어 있다. 지난주에는 신록을 닮은 초록색 책들이었다. 『나무는 좋겠네 木はいいなぁ』, 『숲의 그림책森の絵本』, 『나무를 그리자木をかこう』…….

그런데 서점 안으로 발을 내디디면, 그곳은 전혀 다른 세계다. 밖은 봄이라도, 여름이라도, 가을이라도, 겨울이라도, 서점 안의 공기는 달라지지 않는다. 조금 어둡고, 조금 써늘하고, 아주 고요하다. 고요하다는 말이 오해를 부를지도 모르겠다. 서점은 언제나 아이들이 있고, 대체로 북적거리는 장소이기 때문이다. 그런데도 고요하다. 책들의 숨결을 느낄 수 있다.

상상해 보시라. 천장까지 닿은 짙은 갈색 책장, 그 책장 앞에

세워진 사다리, 각각의 장소에 줄짓고, 쌓이고, 꽂힌 수많은 책들. 한 권씩 저마다 자기 자리가 주어져 있다. 그래서 그들은, 나를 사가라거나 나를 읽으라는 말은 하지 않는다. 저마다 이야기를 품고, 기분 좋게 그저 거기에서 잠시 잠들어 있을 뿐이다. 그 은밀한 기척, 책들이 만드는 음울함의 깊이. 모든 통로에 그 기척이 가득하니 고요할 수밖에 없다. 종이와 잉크 냄새가 나는, 그립고 그윽한 고요함이다.

나는 어린이 책방 '메리 고 라운드'에서, 도쿄의 대형 서점을 몇 군데나 돌아다니면서도 찾지 못한 책을 발견한 적이 몇 번 있다. 어떤 경우나, 마치 거기서 나를 기다리고 있었던 것처럼 책장에 딱 한 권이 소리 없이 자리하고 있었다. 왜 여기에? 하고 생각한 것은, 그 책이 이미 '내 것'으로 보였기 때문이다. '메리 고 라운드'에서 만난 책은 늘 그렇다. 거기에서 나는 계산대에 가 책값을 지불하고, 내 책을 데려온다.

근처에 있는 카페에서 맛있는 커피를 마실 수 있고, 무수한 책들이 표지가 잘 보이게 진열되어 있다거나, 일하는 사람들이 부지런해서 보기가 좋다는 등 이 서점의 좋은 점은 아주 많지만, '데려올' 책들이 가만히 기다려 준다는 안심감이 무엇보다 매력적이다.

_《MOE》, 2006년 7월호.

사전 같은 것 — 〈미피〉 시리즈

아마 내가 태어나고 바로 부모님이 사 주셨을 것이다. 내가 기억하는 한 처음부터 내 곁에 있어서 '내 전용' 책이라고 생각했다. 부모님이 수도 없이 읽어 주었고, 후에는 나 혼자서도 수없이 읽었다. 그 사이사이에는 몇 번이나, 몇 번이나 바라보았고, 글자를 읽지 못하는데도 이야기를 읽었다. 그래서 지금도 네 권 모두, 간결하고 풍성한 문장을 거의 외울 수 있고, 소리 내어 외우다 보면 그 페이지의 그림이 절로 머리에 떠오른다.

나는 진짜 소를 보기 전에 이 책 속에서 소를 보았고, 진짜 바다에 가기 전에 이 책 속에서 바다에 갔고, 진짜 껍질콩을 보기 전에 이 책 속에서 껍질콩을 보았다. 하얀 눈을 보았고, 작은 새도 보았다. 얼룩말을 보았고, 사구를 보았다. 내가 처음 접한 집 바깥 세계는 전부 이 네 권 속에 있었다. 이 네 권이 나의 사전이었고, 내 상식과 세계관을 형성했다. 네 권 다 초판 발행은 1964년이다. 조금 더 늦게 출판되었더라면, 하고 생각하면 끔찍하다. 그랬다면 나는 사전 없이 어느 날 불쑥 세계와 마주해야 하는 신세가 되었을 테니까.

솔직히 말하면 지금도(지금은, 이라고 해야 할지도 모르겠지만), 나는 나 자신과 미피를 잘 구분하지 못한다. 미피는 미피의 세계의 나라고 생각하고, 나는 인간 세계의 미피라고 생각하고 있다.

_게재지 알 수 없음.

좋아하는 것

① 봄의 스시

생선을 별로 좋아하지 않는데도, 봄의 스시는 좋아합니다. 벚이파리를 깐 새끼 도미, 겨울만큼 기름지지 않고 여름보다는 기름이 자르르 오른 고등어, 신선한 전어, 양념을 바르지 않고 가장자리가 노릇노릇하게 타도록 구운 붕장어, 몸이 투명해서 간이 흐릿하게 보이고, 소금과 새콤달콤한 영귤 소스에 찍어 먹는 쥐치, 봄의 스시는 시원한 맛이 납니다.

물론 술도 필요하겠죠. 스시 집에서 나는 정종은 조금, 맥주는 많이 마십니다. 신기하게도 스시 집에서 마시는 맥주는 바다를 닮았어요. 맑게 갠 한낮의 정말 아름다운 바다입니다. 파도가 철

썩철썩 부딪치며 바위를 씻어 내리는 것처럼, 맥주가 내 목과 내장을 씻어 내려, 해변에서 바캉스를 즐기고 있는 기분이 듭니다. 간간이 마시는 정종은 밤바람 같은 것이죠.

② 재미있는 책

열렬히 좋아하는 것, 은 물론 책이죠. 최근에 읽고 재미있었던 책에는 캐런 조이 파울러의 『제인 오스틴 북클럽』과 블라디미르 나보코프의 『롤리타』, 후루카와 히데오의 『벨카, 짖지 않는가』가 있습니다.

이런 책을 읽는 동안은 어디에 있든, 뭘 하고 있든, 혼의 절반은 그쪽 세계에 가 있습니다. 그래서 책을 다시 펼칠 때면, 그쪽으로 가는 느낌이 아니라, 그쪽에 돌아온 느낌이죠. 그걸 좋아해요.

③ 근육통

감기는 좀처럼 안 걸리는데, 어쩌다 걸려 기침이 마구 나오면 복근이 아파옵니다. 그러면 내게도 복근이 있었나 싶어 놀라고, 은근히 기뻐지죠. 걸레질을 하면 팔의 근육이 아픈 것도 그래요. 근육통이 계속되는 동안은 그걸 즐기지만, 근육통이 사라지고 나면 근육이 사라진 것 같아 서러워지죠.

_《마이니치 신문每日新聞》, 2006년 5월 7일호.

여기에 계속 있다는 것

마리 함순Marie Hamsun의 『노르웨이의 농장A Norwegian Farm』이라는 책이 있습니다. 노르웨이의 농장에서 생활하는 네 명의 아이들—한 명이 한 마리씩 소를 소유하고 있다—의 생활이 북유럽 특유의 투명한 공기를 배경으로 아름답게 그려져 있죠. 성장을 다룬 이야기는 아니에요. 그냥 순간의 연속으로, 상큼한 문장에 속도감도 있어요.

네 명의 아이들 중 하나인 올라는 책 읽기를 좋아하죠. 하지만 그는 시시한 아동서에 흔히 등장하는 '책만 읽는 내성적인 소년'이 아닙니다. '고독'을 즐기는 버릇이 있는 것도 아니고, '공상에만 빠져' 있지도 않고, '사람들과의 교류에 서툰' 것도 전혀 아니죠. 산과 강에서 놀고, 농장 일도 잘 거듭니다. 다른 아이들과 함께 나뭇잎 집을 만들기도 하고, 인디언 놀이도 하고 그러죠. 잘 모르는 어른에게도 기죽지 않고 말을 걸고, 자기 물건을 거래하면서 덤을 얻어내는 장사 수완도 있습니다.

그가 책을 읽는 장면을 나는 좋아합니다. 이렇게 쓰여 있죠.

올라는 책을 무척 좋아했어요. 읽을 수 있는 것이면 무엇이든, 성서부터 엄마의 요리책까지 읽었어요. 올라는 멋진 장서—인디언 책 두 권과 로빈슨 크루소 한 권—를 갖고 있고, 그 소중한 보물을 너덜너덜해질 때까지 읽었죠.

새로운 책이 생기면, 언제나 어딘가에 몰래 숨어서, 자신이 어디 있는지도 잊은 채 책에 푹 빠져 들었어요. 다른 아이들이 그런 상태에 있는 올라를 부르려면, 아주 먼 전혀 다른 세계에서 그를 데려와야 하는 식이었죠. 불행하게도 어른들 역시 올라를 부르는, 불쾌한 버릇을 갖고 있었어요. 올라, 장작 좀 패 다오, 올라, 빨리, 물 좀 가득 길어 와, 이렇게 말이죠. 올라, 그거, 올라, 저거. 종일 그렇게 불러댑니다.

아아, 가엾은 올라! 이래라저래라 하는 소리 탓에 책에 푹 빠질 수 없다니. 그렇게 생각은 하지만, 현실과 이어진 장소에서 읽기 때문에 세계가 입체적일 수 있다고도 생각합니다.

책을 읽는 데 몰두한 나머지, 그곳이 방이든 역의 벤치이든 전철 안이든 아무 소리도 타인의 존재도 인식하지 못하는 게 아니라, 책을 읽는 자신이 거기에 있으면서 있지 않은 것이 되었던 경험은 누구에게나 있을 테고, 말로는 형용할 수 없으리만큼 행복한 일이죠.

하지만 그 말로 형용할 수 없는 행복한 상태의 절반쯤은 텅 빈 상자 같은 육체로 책을 읽으면서 그 장소에 실제로 존재하는(읽고 있는 동안에도) 자신이 담당하고 있습니다. 여기와 여기가 아닌 장소, 그 두 장소에 동시에 존재하는 상태가 중요한 것이죠.

책에 몰두하다 보니 해가 지는 것도 모르다가, 알고 보니 몹시 어두운 방 안에서 활자를 더듬고 있었을 때, 나는 자신이 오랜 시간 거기에 없었다는 것을 깨닫는 게 아니라, 자신이 오랜 시간 거기에 있었다는 걸 깨닫습니다.

어두컴컴해진 방, 밖에서 내리고 있는 비 등, 이쪽이 필요한 것이죠.

올라도, 그렇게 책을 읽고 있어요. 아빠가 있고 엄마가 있고, 소가 있고 염소가 있고 형제들이 있는 이쪽과, 아브라함이 있고 모세가 있고 로빈슨 크루소가 있고 야자나무가 있는 그쪽에, 동시에 존재하죠.

집안일을 하라는 소리가 들리지 않게 올라는 들판에 뚫린 구멍에 숨어 책을 읽습니다. 그곳은 조금 눅눅하고 개구리가 이리 뛰고 저리 뛰곤 하죠.

나는 그가 부러워서 견딜 수가 없습니다. 그런 장소에서 책을 읽을 수 있다면 얼마나 좋을까요!

물론 올라는 눅눅한 흙도 개구리도 전혀 신경 쓰지 않습니다. 책에 몰두하고 나면, 나 역시 그렇게 되겠죠. 하지만, 눅눅하고, 개구리가 있어요.

오래전에 한 번 읽었을 뿐이라, 자세한 기억은 없지만 미하엘 엔데의 『끝없는 이야기』도, 소년이 지붕 아래 다락방이나 거기로 올라가는 계단에서 숨죽여가며 책을 읽는 장면으로 시작되는 이야기입니다. 그 소년 또한, 이쪽과 저쪽에 동시에 존재했어요 (글자가 서로 다른 색으로 표현되었다).

읽고 있는 책 속에서 누군가가 책을 읽고 있는 상황은, 액자 소설 같은 것이어서 야릇한 기분이 듭니다.

읽는 행위는 흔히 여행에 비유되는데요. 그 비유를 이해할 수 없는 것은 아니지만, 나는 오히려, 여기에 계속 있는 것에 가깝다고 생각합니다. 지금은 여행을 좋아하게 되었지만, 어렸을 때는 여행을 좋아하지 않았어요. 하지만 책 읽기는 좋아했습니다. 여행을 떠나면, 나는 여행지로 가 있습니다. 당연하지만, 여행지에 가고 가면 그동안에는 여기 있을 수 없죠.

읽는다는 것은 어디에 가든 여기에 계속해 있는 것이라고 생각해요. 눅눅한 흙 위에, 개구리가 있는 장소에, 어두컴컴해진 방 안에, 내리기 시작한 빗속에.

_《yom yom》, 2006년 12월, 제1호.

다이칸야마의 추억

다이칸야마는 세련된 동네인 것 같다. 그 말을 누구에게 들었든지, 아니면 어디서 읽었던 것은 열세 살 때 일이었다. 꼭 그 거리를 걸어보고 싶다고 생각했다. 그래서 초겨울의 어느 일요일에, 나는 같은 학교에 다니는 친구와 둘이 그곳에 가보기로 했다. 약속 장소는 다이칸야마 역의 플랫폼 벤치, 시간은 오전 10시. 날씨가 좋았다고 기억한다.

보호자 없이 낯선 곳에 간다는 것은 몹시 긴장되는 일이었다. 겁은 많으면서 폼 내기는 좋아했던 나는, 그 거리에 익숙한 것처럼 보이기 위해 우선 있는 옷 가운데 가장 그 거리에 어울릴(것이라고 생각되는) 옷을 심사숙고 끝에 골랐다. 주름치마에 스웨터,

한동안 머물다 밖으로 나가고 싶다

베레모. 그것만 가지고는 어른스러움이 모자랄 것 같아, 눈두덩에 파란 아이섀도를 발랐다. 그야말로 어릿광대 같은 꼴이다.

나 스스로는 '이 정도면 괜찮겠지'하고 생각했다. 하지만 지금은, 나를 꾸미려던 게 아니라 어떤 유의 무장이었다는 것을 안다.

마지막으로 나는 책을 골랐다. 내게 읽을거리 없이 밖으로 나간다는 것은 너무도 겁나는 일이었다. 책만 있으면 주위의 현실을 차단할 수 있다. 그러니까 낯선 장소에서도 괜찮다.

이날, 내가 고른 책은 다자이 오사무의 『사양』이었다. 좋아하는 책이다. 스토리가 짙고, 펼치면 바로 그곳으로 갈 수 있다. 등장인물 한 명 한 명을 잘 아는 듯한 기분이 들어서, 읽고 있으면 안심이 된다.

지금 돌이켜 보면, 다이칸야마 거리를 '걷기'만 하는데, 왜 그렇게 무장했을까 싶어 이상하다. 하지만 그때는 그게 반드시 필요했다.

책을 읽는다는 것은 도피인 동시에, 혼자서 밖으로 나가기 위한 연습이기도 했다. 혼자서 여행하는 것, 사물을 보는 것, 이해하는 것, 그리고 혼자 살아가는 것의, 간단한 연습이기도 했다.

_슈에이샤 문고集英社文庫의 〈여름에 한 권〉 캠페인 소책자에 개제, 2005년.

어제 저녁

어제 저녁 우연히 들은 초로初老의 남녀의 대화가 흥미로웠다.

예를 들면 이랬다.

"좀 진한 치즈가 있어서."

"어디에?"

"교토의 입구 근처에."

"홋카이도가 아니라?"

"홋카이도는 멜론이지."

"아, 그런가."

그런 식으로 끝없이 계속되었다.

좀 진한 치즈가 무엇인지, 교토의 입구는 어디인지, 그런 언급

한동안 머물다 밖으로 나가고 싶다

은 없이 대화는 귤과 잠옷으로 옮겨갔다. 하지만 둘은 우리가 이렇게 재미나게 얘기하네, 하는 분위기에 행복한 표정이었다. 나는 소설은 현실을 쫓아갈 수 없다고 절실하게 느꼈다. 하지만 그렇다고 질 수는 없지, 하고도 생각했다.

《스바루すばる》, 2007년 12월호.

최근에 읽은 책

서점에 갔다가 내게 특별한 작가의 신간을 발견하는, 그 순간의 기쁨을 뭐라 형용하면 좋을까! "아! 아무개 씨의 신간이 나왔네!" 하고 마음보다 눈이 앞서 외치는 느낌. 서점 안에서, 그곳에만 햇살이 쏟아지는 것처럼 여겨질 정도다. 쇼노 준조庄野潤三 씨의 『워싱턴의 노래ワシントンのうた』는 그야말로 그런 책이었다. 기다릴 수 없다. 한시 빨리 이 책 속의 시공간에 있고 싶다. 그렇게 생각하면서 읽었다.

언어 하나하나, 한 문장 한 문장이 멋진 책이었다. 그 속에 젊은 시절의 작가가, 어느 작가를 소개 받는 장면이 있다. 소개를 시켜준 인물은 그 작가에게 "쇼노 씨는 슈크림을 먹으면서 홍

차를 마시는 듯한 소설을 쓰고 싶다고 합니다."하고 말한다. 이,
'슈크림을 먹으면서 홍차를 마시는 듯한 소설'이라는 표현이 인
상적이었다. 그게 어떤 것인지 생각해 봐야 알 수 없지만, 동시에
뭐라 말할 수 없이 경쾌하고 반가운 기분이 들기도 한다.

　나는 쇼노 준조 씨의 책은 언제나 몇 번씩 거푸 읽는다. 그러니
까 이 책도 몇 번 읽었을 것이다. 사소한 사건의 조용한 묘사, 그
반복. 이건 읽는 기쁨이며, 점차 홀릭이 된다.

　이노우에 아레노 씨의 『베이컨ベ-コン』도 발견하고는 기뻤던
신간.

　단편집이고, 모든 단편에 음식이 등장한다. '호토(야마나시 현
의 토속음식으로, 된장 국물에 단호박을 넣은 굵은 칼국수_옮긴이)',
'아이리시스튜' 등. 소설을 쓰는 기술이 뛰어나고 맑다. 이 사람
의 소설을 읽으면 언제나, 겨울날에 햇살이 잘 비치는 실내에
서, 피부가 햇살의 따스함을 느끼고 있는데도 소름이 돋는(팔을
드러내놓고 있어서), 그런 느낌이 든다. 겨울에 피부를 드러내놓
고 있으면 춥지만, 드러내놓고 있지 않으면 햇살을 피부로 느낄
수 없다. 이 작가 특유의 냉철한 시선과 세계의 온기. 그걸 만끽
했던 한 권.

　지면이 부족해졌는데, 마지막으로 요쿰 노드스트룀Jockum

Nordström의 〈세일러와 페카Sailor och Pekka〉 시리즈 다섯 권. 아름다운 그림책으로, 올해 내가 가장 사랑하는 다섯 권이었다. 최고라는 말밖에.

_《주간 아사히週刊朝日》, 2007년 12월 28일호.

한동안 머물다 밖으로 나가고 싶다

20년만의 근황 보고 — 2008년 가을

　여행도 많고, 대담과 북토크 등의 행사도 많은데 원고의 마감 날짜는 가차 없어 무척 분주한 가을입니다. 느림뱅이로 태어나 뭘 하든 시간이 걸리는 체질이라, 이런 나날은 참 견디기 힘들어요. 그런데 원체 느리다 보니, 꾸물거리는 사이에 뭔가가 결정되고 말아 이런 상황에 몰리기도 합니다. 하지만 급하게 허둥대는 것도 조금 재미있기는 해요. 다른 색 안경을 쓰고, 세계를 보는 듯한 기분이 듭니다.

　지난달에 구도 나오코 씨를 만났는데요. 잡지사가 주관하는 대담 때문이었죠. 구도 씨는 내가 서점에서 직원으로 아르바이트(실수만 하는)를 할 때, 이야기(비슷한 것)를 쓴다는 것을 알고,

방긋방긋 웃으면서 격려해 주셨던 분입니다. 지금은 이미 없는 서점의, 비 내리는 날이면 하던 부업(이라고 우리는 불렀죠. 서점을 찾아준 손님에게 주는 파란 유리구슬을 조그만 주머니에 담는 작업)을 좋아해서, 그런 일을 떠올리면서 대담을 했는데요.

글을 쓰기 시작한 지 20년이 되었다는 걸, 《Feel Love》의 편집부 사람에게 듣기 전까지는 몰랐습니다. 100년이라면 몰라도 20년은 정말 어중간해서 이렇다 할 감회도 없지만, 그래도 올해 무슨 일이 있었는지, 써보기로 하겠습니다.

올해 가장 기뻤던 일은 「눈사람 유키코雪だるまの雪子ちゃん」라는 이야기를 완성한 것입니다. 어린이 책은 내게는 정말 허들이 높아서, 좀 더 많이 쓰고 싶다는 생각은 있지만 너무 어려워 쓰지 못하고 있습니다(다음 달에 아만 기미코 씨를 만나 뵙기로 했으니, 어린이들이 좋아하는 언어를 어디에 숨기고 생활하는지 여쭤볼 생각입니다).『다케토리 이야기竹取物語』에서 목판화가인 타치하라 이누키立原位貫 씨와 함께 일할 수 있었던 것도 기뻤습니다. 고전을 현대어로 번역하는 것은 처음 하는 일이었는데, 무척 즐거웠습니다. '그 사람을 너무 곤란하게 하지 마세요.'라는 말에는 허를 찔렸습니다. 언어는 시간을 뛰어넘어 마음에 꽂히니 무섭습니다. 그 밖에도 올해에는 《스바루》에 5년 동안 연재했던 소설이 단행

한동안 머물다 밖으로 나가고 싶다

본으로 나왔습니다. 리즈베스 츠베르거의 그림이 아름다운 『오즈의 마법사』(이 정겹고 건전한 미국 이야기를 나는 좋아합니다)의 번역본도 이제 곧 출간됩니다.

이렇게 많은 일을 할 수 있는 날이 올 줄은 20년 전에는 상상도 못했습니다. 나는 당연하다시피 부모님과 함께 살고 있었고, 사부작사부작 글을 쓰고는 있었지만 거의 수입이 없는 상태였으니까요. 몇 가지 아르바이트를 했지만, 어떤 일도 오래 가지 못했는데(불쑥 일하기가 싫어져서 무책임하기 짝이 없게 그만두곤 했습니다), 그 한 가지가 영어 학원 강사였습니다. 그 학원에서는 강사 모두가 영어 이름이 있어야 했고, 내 이름은 '줄리'였어요. 사와다 겐지를 좋아했기 때문이죠. 등하교 때, 전철 안이나 길거리에서 학생과 우연히 마주치면 영어로 말해야 한다는 규칙도 있어서, 그런 상황에 처할 때마다 몹시 곤혹스러웠던 기억이 나는군요(아 유 고잉 홈 나우? 두 유 해브 애니 플랜 디스 위켄드? 그런 말을 큰소리로 해야 했어요. 그것도 웃는 얼굴로.) 수업이 끝난 후의 텅 빈 교실, 허연 형광등 빛이 서글펐습니다. 아주 우수한—영어 실력이 그렇다는 의미가 아니라, 인격과 깊이 관련된 이해력이 탁월하고 풍성한—학생이 두 명 있었는데, 나는 형편없는 강사였으니 지금도 간혹 그들이 생각납니다. 한 명은 초등학교 1학년, 한 명은 중학생이었죠. 그들도 벌써 오래전에 사회인이 되었겠지요.

그렇게 생각하면, 20년은 긴 시간이 아닌지도 모르겠습니다. 20년 전에 딴 자동차 운전면허는 지금은 그저 신분증명서가 되고 말았고(물론 무사고, 무위반이라 골드입니다), 20년 전의 연인은 지금은 좋은 친구입니다. 20년 전에는 건강했던 아버지와 어머니와 할머니는 모두 이 세상에 안 계십니다. 나는 지금 여기 있고, 창밖에는 비가 내립니다.

여전히 매일 두 시간씩 목욕을 하고, 아침과 저녁에는 과일만 잔뜩 먹고, 어디에 갈 때는 책과 비눗방울을 가지고 다니고, 좋아하는 놀이는 끝말잇기입니다.

바로 얼마 전에 청록색 워커 부츠를 샀습니다. 탄탄해서 어디든 걸을 수 있을 듯합니다. 이 한 켤레가 헐기 전에 이걸 신고 얼마나 많은 여행을 할 수 있을지, 하고 생각합니다. 여행을 좋아하는 것도 예나 지금이나 변함없습니다. 언젠가—먼 훗날의 언젠가를 상정하고 하는 말인데—여행지에서 죽을 수 있다면 좋겠다고 생각합니다. 이곳에서 멀리 떨어진 장소에서. 그 경우, 시신은 누구도 발견하지 못해 풍화되는 것이 이상적이니, 길거리가 아니라 숲이나 들판에서.

지금 쓰려고 하는 소설은 제목이 '입술'입니다. 단편이고, 기묘한 이야기가 될 예정입니다. 사람은 참 기묘하네, 하는 것과 세상은 참 재미있네, 하는 것을 나는 한동안 쓰려는 것 같습니다.

일 외에 생각하는 것은 당나귀와 양입니다. 만약 드넓은 정원이 있다면, 당나귀와 양을 키우고 싶다는 것. 당나귀 목에는 하늘색 리본을 묶어주지만 양에게는 아무것도 묶어주지 않습니다.

그리고, 레몬그라스와 잘게 썰어서 말린 사과와, 채 썬 생강을 섞은 허브티가 마음에 들어, 요즘 툭하면 사과를 말려 이 차를 마십니다. 그 정도입니다. 보고.

사라 스튜어트 글, 데이비드 스몰 그림의 『도서관』이란 그림책이 있습니다. 태어나서 죽을 때까지 오직 책을 읽으면 지낸 여자 이야기인데요, 나는 이 책을 좋아해서 처음 읽었을 때부터 남 일 같지 않았습니다. 이 책과 요쿰 노드스트룀의 〈세일러와 페카〉 시리즈 다섯 권을 지난 몇 년 동안 손에서 놓지 못하고 있습니다. 지금도 책상 바로 옆에 있어요. 아마 이제 또 바라보겠지요.

_《Feel Love》, 2009년 겨울호.

책 세 권

①『미국의 새Birds of America』, 매리 맥카시Mary McCarthy 지음.

②『소녀소년 소설선: 어제처럼 먼 날昨日のように遠い日』, 시바타
모토유키柴田元幸 엮음.

③『최종목적지The City of Your Final Destination』, 피터 캐머런Peter
Cameron 지음.

세 권 모두 언어가 지닌 힘, 그 풍성함을 만끽하게 해 줍니다.
읽는 기쁨으로 가득합니다. 또, 훌륭한 책은 전부 그렇지만 이 세
권도 한 권씩이 독립한 왕국 같아서, 그곳으로 떠나 흠뻑 잠겼다
가 돌아올 수 있습니다.

한동안 머물다 밖으로 나가고 싶다

_《신간 뉴스新刊ニュース》, 2009년 11월호.

이곳과 그곳

옛날에 〈포 레이디즈For Ladies〉 시리즈라는, 거의 정사각형 책이 있었다. 나는 그 시리즈를 통해서 우선 기시다 리오岸田理生를, 그다음으로 데라야마 슈지를 알았다. 단박에 빠져들었다.

그 느낌을 뭐라 말할 수 있을까. 그때껏 읽었던 어떤 문장과도 달랐다. 피부에 직접 배어들어 곧바로 마음을 건드리는 문장, 아주 가깝고, 그러면서 먼 곳으로 손잡고 가자는 듯한 문장.

어느 책 어느 페이지에도, 이곳이 아닌 어딘가가 알알이 박혀 있었다. 그 어딘가는, 외국의 항구 마을이거나 모르는 여자아이의 방 안이기도 했다. 그러나 비밀의 문이나 특별한 주문, 사소한 뭔가를 알면 이곳과 바로 연결된다고 속삭이는 듯한 기분이 들었다. 이곳이 곧 그곳이 될지도 모른다고 생각되었다. 아니, 이곳은 사실은 이곳이 아니라 그곳이고, 그 사실은 아무도 모를 텐데, 하고.

나는 열네 살이었다. 몽상에 젖기 쉬운 나이라는 말은 맞지만, 30년 이상 지난 지금 오히려 그곳을 보다 확실하게, 보다 가깝게 느끼는 것은 뭐라 설명할 수 있을까.

그 무렵, 내가 데라야마 슈지의 작품을 읽고 있으면 아버지는 늘 눈살을 찌푸렸다. 왜 그러는지 그때는 몰랐는데, 지금은 조금 알겠다. 아마 아버지는 딸이, 무언가에 심취하기를 바라지 않았을 것이다. 무언가에 마음을 빼앗기는 것도 원치 않았을 것이다. '이곳'에 머물러 있기를 바랐는지도 모른다. 어느 쪽도 이뤄주지 못한 것을, 나는 조금은 안타깝게 생각한다.

2001년, 여행지에서 우연히 들른 미술관에서 데라야마 슈지 전시회를 하고 있었다. 나는 이미 열네 살짜리 소녀가 아니었지만, 소녀였던 그때처럼 이곳과 그곳의 구별이 사라지고 말았다.

"고작 언어로 만든 세계를 왜 언어로 파괴할 수 없는 것인가?"

그 말과,

"어떤 질곡에서의 해방도 언어화되지 않는 한 해방감에 지나지 않는다."

하는 말을, 나는 그날 수첩에 옮겨 쓰고 돌아왔다.

_게재지 알 수 없음.

한동안 머물다 밖으로 나가고 싶다

아라이 료지 씨에게 보내는 편지

아라이 씨, 안녕하세요.

꽤 오래 뵙지 못했지만, 간혹 아라이 씨 나라로 여행을 갑니다. 그곳에서는 비가, 햇빛처럼 밝게 내리지요. 반대로, 햇빛이 비처럼 모든 것을 적시기도 하고요. 그곳의 밤은 무척 어둡죠. 어두운 데 많은 것들이 보여서 재미있어요. 그건 아마, 그곳에서만 우리에게 부엉이처럼 반짝거리는 야행성 눈이 주어지기 때문이겠죠. 또는 전철의 헤드라이트 같은 눈이.

예전에는 수수께끼 같다고 여겼는데, 그곳에는 입구와 출구가 없잖아요. 그런데 나는 어떻게 그곳으로 갔다가 이곳으로 돌아올 수 있는 걸까요. 갈 때는 언제나 불쑥, 그 한가운데로 들어가게 돼요. 또는 한가운데와 가장자리 사이의 어딘가에. 몇 번을 가도 미지의 장소에 떨어진 듯한 느낌이라, 나는 그게 무척 즐겁습니다. 아무것도 파악할 수 없고, 파악하는 것에 의미 따위는 없다는 점이.

아라이 씨는 그곳에 살고 있나요. 아니면 때로 그곳으로 여행을 떠날 뿐인지요? 건국의 아버지니까 그곳의 왕이겠다고 생각하는데, 그렇다 해도 아라이 씨는 신분을 숨기고, 그저 나그네인 척하고 있지 않을까요. 아라이 씨의 나라에서는 서민도 모두 왕처럼 보이니까, 선을 그으려면 왕이 서민인 쪽이 좋을지도 모르겠네요.

나는 그곳에 가면, 가끔 어린 여자아이인 척합니다. 그러면 거기 있는 사람들의 눈에도 그렇게 보이는 듯해요. 참 신기한 일이죠. 물론, 늘 그럴 수는 없어요. 내 나이 나름의 자각을 지니고 가는 일도 있습니다.

언젠가, 만약 그곳에서 우연히 마주치면 우리는 서로가 서로를 알아볼까요. 알아보면, 보나마나 웃음을 터뜨리겠지요. 그때 아라이 씨의, 조금 난감해 하는 얼굴이 눈앞에 그려집니다. 모르는 척하셔도 괜찮아요.

그럼 또.

한동안 머물다 밖으로 나가고 싶다

《나는 교실》, 2010년 겨울호.

창, 로앙의 안뜰

열린 창문으로 때로 바람이 불어든다. 구름이 엷게 낀 오후다. 봄인데, 써늘하다. 소녀가 감이 부드러운 분홍색 옷을 몸의 아주 일부에만 걸치고 있으니, 그렇다.

이 방에서는 고요한 냄새가 난다, 하고 소녀는 생각한다. 그리고 바로, 고요한 냄새는 이상한 말이라고 생각한다. 고요하다는 건 귀로 느끼는 것이고, 냄새는 코로 느끼는 것이다. 하지만, 정말 그럴까. 소녀는 하나하나 확인하려 한다. 써늘한 돌벽의 냄새, 아주 오래되어 보이는 조그만 테이블, 햇살이 비쳐 따스한 나무 냄새, 말라서 거의 공기에 녹아들어 버린 듯한 유화 물감 냄새, 이름을 모르는 몇 가지 약품의 냄새는 희미하지만, 시원하고 달콤하다. 게다가 어렴풋한 어둠의 냄새와 옛날 냄새.

옛날 냄새? 소녀는 코를 찡그린다. 이건 또 언제 적 냄새일까. 왜 여기에 있는 걸까. 지금은 지금인데.

"괜찮니?"

물어서, 소녀는,

"네."

하고 대답하고는 웃어 보인다. 침대에 누워 윗몸을 약간 세운 자세로, 무릎 아래에만 담요를 살짝 덮고 있다. 발치에 있는 고양이의 체온이 담요 너머로 전해진다. 이 고양이는 아주 얌전하다. 때로 방을 가로질러 가거나, 창틀로 훌쩍 뛰어 올랐다가 갑자기 사라지는 다른 고양이는 장난꾸러기인데.

"이제 조금만 더 참으면 돼."

화가의 목소리에는 언제나 음악이 어렴풋 섞여 있다.

"네."

소녀는 또 대답했다. 모델 일을 마친 후에는 다른 방에서 홍차를 마신다. 조그만 샌드위치와 구운 과자가 같이 곁들여 나온다. 데리러 오는 엄마를 기다리면서, 그곳에서 화가와 얘기하는 걸 소녀는 좋아한다. 소녀는 겨우 일곱 살이지만, 그녀가 무슨 질문을 하면 화가는 어른에게 하듯 성실하게 얼버무리지 않고 대답해 준다. 그래서 소녀는 그가 지금 서른여덟 살이라는 것도, 파리를 떠나 좀 더 조용한 장소에 살고 싶어 한다는 것도 알고 있다.

불현듯 다른 누군가의 기척을 느끼고 돌아보니, 창틀에 소녀보다 몇 살 많아 보이는 남자아이가 걸터앉아 있었다. 모르는 아이였지만, 무섭지는 않았다. 이 방에 있으면, 때로 이런 일이 생긴다. 빨간 양말을 신은 어른 남자가 보이는 일도 있고, 있을 리 없는 난로가 보이는 일도 있다. 난로에서는 빨갛게 불이 타오르고, 그 앞에서 팔다리가 긴 소녀가 손거울을 들여다보고 있다. 남자아이는 눈이 마주치자 싱긋 웃었다. 파랑과 하양 줄무늬 셔츠에 반바지를 입고 있다. 그리고 때로 나타났다 사라지는, 그 장난꾸러기 고양이를 안고 있었다.

창문이 열려 있어서 위험해. 소녀는 그렇게 말하고 싶었다. 여기는 3층이고 떨어지면 중정에 거꾸로 처박힌다.

하지만 목소리는 나오지 않고, 눈꺼풀은 무겁다. 소녀는 자신이 거의 잠들어 가고 있다는 것을 깨닫는다. 거꾸로네, 하고 부연 머리 한쪽으로 생각했다. 화가는 각성이라는 주제로 그릴 계획이라고 했는데.

언젠가 어른이 되어 사랑을 하고 결혼하고, 중년 부인이 되고 늙은 여자가 되고, 끝내는 이 세상에서 없어져도, 자신의 일부가

이 장소에 계속 존재하게 된다는 것을 소녀는 모른다. 그 고양이와, 남자아이와, 손거울 보는 소녀와, 빨간 양말 신은 남자 어른과 마찬가지로, 이 장소에.

거의 잠들어 가면서, 그녀가 아는 것은 창문으로 바람이 불어든다는 것, 이제 곧 홍차를 마실 수 있다는 것, 그리고 엄마가 데리러 온다는 것뿐이다.

_《아사히 신문》, 2010년 4월 3일호.

소설의 안과 밖—문학적 근황

최근에 자신이 나이가 들었다는 것을 알고 놀랐습니다. 나이는 누구나 먹는 것인데 놀라다니, 이상하게 여길지도 모르겠군요. 하지만 나는 정말 놀랐고, 거기에는 이유가 있습니다.

나는 밤에는 술을 마시든지 잠을 자고, 낮에는 일을 하든지 책을 읽습니다. 매일 아침 반드시 두 시간은 목욕을 하는데, 목욕을 하면서도 책을 읽고, 볼일이 있어 간혹 외출하지 않을 수 없을 때에도, 전철에서든 은행에서든 카페에서든 치과 대기실에서든, 때로는 길거리에서도 책을 읽습니다. 책을 읽는 동안, 나는 그 이야기 속에 있습니다. 그리고 내 일은 소설을 쓰는 것이니 일하는 동안, 나는 그 소설 안에 있습니다. 그러니까 현실을 사는 시간보

한동안 머물다 밖으로 나가고 싶다

다, 이야기 속에 있는 시간이 훨씬 많죠. 벌써 오래전부터 그랬습니다.

훨씬 많다는 게 어느 정도일까요. 낮 시간의 80퍼센트는 책을 읽고 있든지 쓰고 있으니까, 집안일이나 그 외에 현실에 대처하는 시간은 나머지 20퍼센트. 그 정도일 거라고 생각합니다.

가령 지난 20년의 시간 동안 내가 20퍼센트밖에 현실을 살지 않았다면, 20년의 20퍼센트는 4년이니까, 겨우 4년밖에 현실을 살지 않았다는 계산입니다. 겨우 4년을 살았는데 스무 살이나 나이를 먹은 셈이니, 놀라지 않는 게 도리어 이상합니다. 왜 흰머리가 생겼지? 왜 노안이 왔지? 왜 친구들에게 보낸 편지가 수신자 불명으로 되돌아왔지? 그래도 집 안에 있으면 안전합니다. 한 걸음 밖으로 나가면, 낯선 나라에 온 듯한 기분이 듭니다.

바로 지난주에도, 오랜만에 CD를 사려고 지유가오카에 갔는데, 역 앞에 있어야 할 CD가게—지하에 있고, 넓고, 한적하고, 클래식 음악 코너가 충실해서 마음에 들었던—가 보이지 않아 그 언저리를 빙빙 맴돌다 못해 길 가던 사람에게 물으니, "여기 이 자리가 맞는데, 이제 없습니다." 하더군요. '여기'에는 자연 화장품 가게가 자리하고 있었습니다. 충격이었지만 어쩔 수 없죠. 에비스 역 빌딩 안에도 서점과 같은 층에 CD가게가 있었다는 게 떠올라, 그곳에 가려고 했습니다. 그런데 전철 표를 사서 폼으로 들어가 전철을 타려고 했더니, 어떻게 읽는지도 모를 만큼 낯선(내게는) 역으로 가는 전철만 오고, 내가 늘 타고 다니는 히비야 선으로 바로 연결되는 전철은 오지 않았어요. 전철을 여섯 번 정도 그냥 보내면서 기다렸는데도 오지 않아 역무원에게 물어보니, 그 노선은 벌써 없어졌고, 나카메구로에서 환승해야 한다는 대답이었죠. 정말 충격이 컸지만, 어쩔 수 없죠. 나카메구로에서 환승해서 에비스로 갔습니다. 그런데 역 빌딩 안에 있던 CD가게도 없어진 거예요. 충격을 받은 나머지 그 이상은 찾아다닐 수 없어서(옛날에, 신주쿠 오다큐 HALC 백화점 안에 CD가게가 있었는데, 내가 그곳에 간간이 갔던 것은 생각해 보니 27년 전의 일이라, 그 가게가 지금도 과연 있을지 불안했습니다), CD는 아직 사지 못하고 있습니다. 이런 일이 종종 있습니다. 바로 어제도 일 때문에 고텐바에 갔었는데, 같이 가 준 여동생이(고텐바는 멀어서, 나 혼자 갈 수 있을지 걱정이었어요) 이런 말을 꺼냈어요.

"교진의 스즈키가."

"아아, 스즈키 야스토모."

내가 그렇게 맞장구를 치자 여동생은 입을 꾹 다물고는 30초 정도 내 얼굴을 쳐다보더군요. 그리고, 이렇게 말했습니다.

"스즈키 야스토모는 벌써 20년도 전에 은퇴했어."

작년에 은퇴했어, 도 아니고, 그 스즈키는 좀 옛날 사람이지, 도 아니고, 20년도 전에…….

나는 그 사실이 아니라, 내 시간의 커다란 결락에 경악하고 말았습니다.

내가 이야기 속에서 지내는 동안에도, 현실의 시간은 쉼 없이 흐르고 있고, 거리도 사람도 시스템도 변하고, 그렇게 상황이 완전히 달라져 당혹스럽습니다. 최근에는 미지의 장소에 여행을 떠난 것처럼 즐기자고 마음먹고 있는데, 사실은 이쪽이 현실이고, 이야기 속은 그렇지 않다고 생각하면, 믿을 수 없는 기분입니다. 불안해지고, 두려워집니다. 그래서 한시 빨리 이야기 속으로 돌아가고 싶어집니다.

내가 지금 돌아가려는 장소는 1970년대의 뉴욕입니다(테리 화이트의 『한밤의 암살자』라는 소설을 이틀 전부터 읽고 있어요). 그곳에는 조니와 맥이라는 이인조가 있고, 둘은 서로를 정말 아끼고 있습니다. 게이는 아니고, 그냥 이 세상에 둘도 없는 친구 사이죠. 맥은 도박을 좋아하고, 조니는 아이스크림을 좋아하죠. 그들의 바람은 둘이 조용하면서도 신나게 사는 것뿐인데, 우여곡절이 있어서 살인청부업자가 됩니다. 그들이 있는 장소는 아파트

거나 식당, 밤의 길거리, 엷은 파란색 차 안이고, 그런 곳은 내게
도 참 푸근한 장소입니다. 맥이 조니를 지키려 하고, 조니가 맥을
지키려 하는 그 장소는. 조니는 키가 크고 금발(아마 생긴 것은 섬
세할 듯)입니다. 맥은 그보다는 체격이 단단하고, 상상이지만, 얼
굴에 매력적인 주름이 많죠. 둘 다 너무 착해서, 그들이 있는 무
상한 세계까지 차분하고 아름다워 보입니다.

조금 전에 제2부에 들어갔는데, 거기에는 사이먼과 마이크라
는 형사가 등장하더군요. 이 두 사람도 신뢰와 우정으로 단단히
맺어진 사이인 듯한데, 각자가 어떤 사람인지는 아직 모릅니다.
마이크는 알기도 전에 갑자기 살해당하고 말았어요. 죽인 사람
은 조니입니다. 조니에게는 조금도 악의가 없었지만, 어쩔 수 없
는 일이었죠. 그러나 ─. 남자들이 각자의 우정을 가슴에 품고 앞
으로 어떻게 변해갈지, 나는 바로 돌아가 확인해야 합니다.

사흘 전까지 내가 있었던 곳은 1968년과 2010년의 영국 콘월
주였어요. 어느 일족의 수수께끼의 죽음과 거짓말에 우롱당하면
서, 토지의 아름다움과 젊은 날 연애의 싱그러움에 나를 잊고, 그
장소의 섬세한 디테일에 도취된 나머지, 돌아오는 길을 잃어버
릴 뻔했습니다.

그 바로 전에 내가 있었던 곳은 1990년 전후로 여겨지는 런던

한동안 머물다 밖으로 나가고 싶다

이었죠. 메리라는 여자가 폭력을 휘두르는 남자에게서 벗어나 본래의 자신을 되찾을 때까지 조마조마해 하면서 지켜보고, 노숙자인데도 예의바르고 지적인 데다 목소리에도 깊이가 있는 로만이라는 남자를 만나게 되는 날을 기대하면서 지냈습니다. 그전에는 17세기의 네덜란드에서, 호리호리하고 우아한 개—이름은 레제키—가 살해되어 주머니에 담겼는데, 너무 길어 툭 튀어나온 다리를 충격과 함께 목격했습니다. 그전에는, 계속 쓰자니 끝이 없군요. 책을 읽는다는 것은 그곳으로 떠나는 일이고, 떠나고 나면 현실은 비어 버립니다. 누군가가 현실을 비우면서까지 찾아와 한동안 머물면서, 바깥으로 나가고 싶지 않게 되는 책을, 나도 쓰고 싶다고 생각합니다.

_《주오코론中央公論》, 2015년 11월호.

III

그 주변

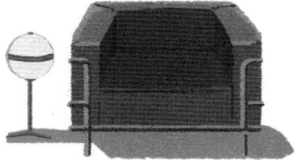

산책이 따른다

안녕이라고 말하는 것은 잠깐 동안 죽는 것이다. 필립 말로우는 그렇게 말했는데, 산책을 하는 것 역시 잠깐 동안 죽는 일이다.

일상에서 벗어나는 것. 일상이 거기에서 뚝 끊겨 시간이 정체된다고 할까, 느슨하게 고인다. 갈분차처럼. 그런 의미에서 산책과 여행과 목욕은 비슷하다.

우리 집은 역에서 멀다. 가까운 역이 세 군데나 있지만, 어느 역이나 걸어서 30분은 걸린다. 그래서 어디를 가든 산책이 따른다.

주택지를 좋아한다. 남의 집을 바라보면서 걷는다. 청소를 좋아하는 집, 청소를 싫어하는 집, 우아한 집, 소박한 집, 고양이가 있는 집, 아이가 있는 집. 내 마음에 드는 집은 '노란 집'과 '까마

귀가 쪼지 못하게 쓰레기통에 씌운 그물망까지 하얀 집'이다.

해질녘의 산책은 싫어한다. 고독한 기분이 들어서다. 집집의 부엌에서 저녁 냄새가 흘러나오는데, 하지만 그곳은 내가 돌아갈 장소가 아니라서 슬프다.

외출을 할 때마다 늘 산책이 따르는 상황이라, 나는 오늘도 산책을 한다. 낮에도, 밤에도, 해질녘에도.

산책을 하는 것은 잠깐 동안 죽는 것, 그래서 나는 하루에 몇 번이나 죽는다.

《분게이슌주文藝春秋》, 2000년 4월호

상하이의 비

상하이에 내리는 비는 눅눅한 냄새다.

나는 지금 'FACE'라는 바에 있다. 옛날 초등학교 같은 낡은 나무 책상에 난 동그란 물자국을 손가락으로 더듬고 있다. 갈색 설탕을 사용한 카이피리냐 잔이 만든 물자국이다. 카이피리냐는 달콤하고 차갑다. 저녁. 창밖은 녹음이 짙은 정원이고, 흙도 나무들도 테라스도 공기도, 모두 가을비에 젖어 있다.

조금 전까지 편집자와 카메라맨과 현지 코디네이터가 있었는데, 모두들 어디로 갔을까.

상하이는 재미난 도시다. 일본에서도 상당히 화제가 되고 있지만, 정말 건축 러시다. 새로운 건물이 쑥쑥 나타나고, 솔직히 말해서 번쩍번쩍 빛난다 싶은 호텔이 줄줄이 문을 열고, 그 한편에는 다 쓰러져가는 낡은 집과 오래된 아름다운 골목이 여기저기 있고, 구걸하는 사람과 목욕도 하지 않았을 것처럼 보이는 사람들과 스쳐 지나간다. 하지만 재미난 것은 새것과 옛것의 혼재가 아니다. 훨씬 더 호방하고, 훨씬 더 유쾌하고, 훨씬 더 근간이 단단한 것. 중국이라는 나라의 또는 국민의 재미있음이 어쩌다 지금의 상하이에서 넘쳐흐르고 있는 것이다. 상하이는, 아마도 표면에 뚫린 작은 구멍에 지나지 않을 것이다.

무척이나 혼돈스러운 구멍이다. 갖가지 소리와 갖가지 색과 갖가지 냄새. 체력이 넘친다. 상하이에 도착한 날, 그래서 나는 눈을 한참이나 깜박거려야 했다. 한꺼번에 밀려오는 정보를 두 눈에 미처 받아들일 수 없었다. 간판에 쓰인 한자에 정신이 팔린 탓도 있다. '샨샨집단', '중국석화집단', 저건 대체 뭘까 하고 생각하기 시작하면 끝이 없다. 자전거가 초인적인 속도로 달리고, 도처에서 초롱과 애드벌룬이 흔들리고, 사람이 많고, 색채는 하나같이 강렬하고.

가장 놀란 것은, 역시 어느 모로 보나 사람들의 에너지였다.

가령 신톈지 같은 곳.

세련된 카페와 부티크가 줄지은 인기 스폿이라는 그곳은, 그저 카페와 부티크가 있는 거리인데도 인파가 끊이지 않는다. 불룩 튀어나온 배에 러닝셔츠 바람인 아버지도, 사뭇 애정이 넘치고 잔소리도 많을 듯한 어머니도, 아이도, 할머니 할아버지 같은 사람도, 숙모인가 싶은 인상의 여자도, 뿐만 아니라 그 친구와 그 아이도, 어쩌면 한동네에 사는 사이좋은 일가인가 싶은 다른 가족도, 아무튼 여럿이 시끌벅적하게 찾아온다. 찾아와서는 뭘 하나 했더니, 그냥 걷는다(그렇게 보인다). 밤늦게까지 그런 상태가 계속되고, 가게들 대부분이 늦게까지 열려 있고, 사람들은 늦게까지 어슬렁거리고, 걸으면서 먹고 마시고 웃고 떠든다. 아이들까지. 다만, 아이들끼리 나온 경우는 못 봤다. 일가 총출동. 또는 일족 총출동. 마치 사람들이 거리를—또는 지금을—희희낙락하며 즐기는 듯한, 숨만 쉬면서도 도시의 에너지를 몸 안으로 들이는 듯한 광경이었다. 좋네, 하고 생각했다.

세련된 도시 상하이는, 당연히 세련된 사람들만의 것은 아니니까.

나는 그건 시대 때문은 아니고, 본질 때문이라고 생각한다. 이 나라 사람들은 즐거움에 무척 탐욕스럽다. 중국 요리를 보면 알 수 있고, 그걸 먹는 일가족을 보면 더 잘 알 수 있다.

여기까지 쓰고서, 배가 고프다는 것을 알았다. 비는 여전히 내리고 있다. 가게 안은 식전주를 즐기는 사람들로 약간 붐비고 있다. 나는 홀로 외로운 데다, 잔까지 비어 칠레 와인을 주문하기로 했다.

상하이는 거짓말 같은 도시다.

도쿄에서 겨우 세 시간 못 걸려 도착한다. 돌아갈 때는 2시간 10분 정도 걸리는 듯하다. 공항에서 도시 중심부까지는 차로 45분 걸렸는데, 현재 건설 중인 리니아 모터카가 개통되면, 그게 8분이 된다고 한다. 8분! 나는 어떻게 그럴 수 있을까 하고 생각하지만, 그럴 수 있는지도 모른다. 다른 곳이 아니라 상하이니까. 도시 중심에 강이 여유롭게 흐르고, 강 속에 긴 터널이 있다. 차로 강을 건널 때 몇 번이나 그 터널을 통과했는데, 과장이 아니라 정말 길었다. 어떻게 생각하나 강의 폭을 넘는다. 터널을 지날 때마다, 두 번 다시 지상으로 나갈 수 없는 게 아닐까 하고 생각했다. 게다가. 수량이 풍부하고 유유히 흐르는 탓에, 미소 짓고 있다고 해도 좋을 만큼 태연자약한 풍정이라 주위의 번쩍거림과는 어울리지 않았다. 전혀 다른 분위기로 거기에 있었다. 거짓말처럼.

그렇다, 오늘날의 이 도시는 거짓말 같다고 생각했더니, 마음이 편해져서 소설을 읽는 것처럼 산책할 수 있었다. 실제로 상하이 거리를 걷는 것은 소설을 읽는 것과 비슷했다. 페이지를 넘길 때마다 전혀 예상치 못한 일이 전개된다.

조계지의 써늘한 고요함, 파란 우체통, 공사 현장의 울타리에 그려진 그림, 옥수수를 파는 매대, 스타벅스, 빨래, 잠옷 바람으로 걸어가는 사람, 우주선 같은 건물, 모래 먼지, 고층 빌딩, 몇십 명이나 되는 신랑 신부, 종이의 눈보라, 리어카를 끄는 사람, 싸움, 유리로 된 바.

그리고 그 모든 게 거짓말 같다는 것을 사람들이 알고 즐기고 있는 듯한 특유의 신기한 파워가 있다. 늠름함과, 열렬함과, 그리고 슬픔 같은 것.

최근의 인기 지역은 음식점은 물론 쇼핑가도 늦게까지 문을 열기 때문에 오전에는 대개 문이 닫혀 있다. 아침의 상하이는 공기가 청량하다. 시끌시끌함도 쓰레기도, 거짓말처럼 사라지고 없다. 걷다 보면 그만 보폭이 커지는 것은, 밤의 번화가 축제날만 같아 떠밀리듯 걸어야 하는 탓에, 그 반작용인지도 모르겠다.

빵집인지 과자 가게인지 모르겠지만, 그런 가게 앞 보도에 유니폼 차림의 종업원이 열다섯 명 정도 주르륵 서서 체조를 하고 있다. 아침 체조는 의무다. 법률에 그렇게 정해져 있단다.

상쾌하고 건조한 공기를 들이쉬면서, 과거에는 저택이었을 전통적인 건물이 줄지은 길을 산책하고, 도서실 같은 찻집에 들어

갔다. 뜨거운 차와 버터 쿠키를 먹는다. 차가 지나다니는 길이 바로 앞에 있는데 겁이 날 정도로 조용한 것은, 책이 불필요한 소리를 하나같이 빨아들이기 때문이다. 햇살이 듬뿍 들어오는 것도 좋다.

기쿠치 가즈오菊地和男가 쓴 『중국차 입문中国茶入門』에 '노동盧소'이라는 당나라 시인이 차에 대해서 읊은 시가 소개되어 있다.

첫 잔으로 목과 입술을 축이고
두 번째 잔으로 고독과 번민을 잊는다.
세 번째 잔이 메마른 속을 적시니 오천 권의 책이 떠오르고
네 번째 잔에 땀방울 맺혀 평소의 불평불만이 땀구멍으로 흩어지고
다섯 번째 잔에 피부와 뼈가 청결해지고
여섯 번째 잔에는 선인이 된 듯 기분마저 맑아지네.
일곱 번째 잔은 아직 마시지 않았건만
그저 양 겨드랑이에 시원한 바람이 살랑이누나.

차는 정말 심신의 감각을 돋우는 액체라고 생각한다.
가게 안쪽에 수조—라고 할지, 작은 풀장이라고 할지—가 있

고, 거기에 거북이 있었다. 거북은 오래 산다고 들었는데, 그렇다면 그 긴 세월을 이 조용한 찻집의 햇볕이 잘 드는 풀장에서 무슨 생각을 하며 살았을까, 하고 생각했다.

낮의 거리 풍경은 한가롭다. 울타리 너머로 장난감이 여기저기 놓인 유치원을 바라보고, 선반이 거의 캔 주스로 가득 찬 담배 가게 같은 잡화점을 바라보았다.

식물도 기운찬 도시다. 거리에 플라타너스가 많았다. 공항에서 들어오는 넓은 길에는 포플러와 대나무와 버드나무가 서 있었다. 대나무도 버드나무도 사락사락 흔들리는 게 인상적이었다.

또 재미난 것은 밤. 거리 여기저기에 조그만 공원이랄지 광장이랄지 아무튼 숲이 우거진 공간이 있는데, 밤이 되면 그 나무들이 형광색 초록빛으로 라이트 업 된다. 좀 놀라운 광경이었다. 식물의 체면이 말이 아니다. 공원 전체가 멜론 시럽에 덮인 빙수처럼 보인다. 그 안에서 껴안고 있는 연인들은, 수족관의 물고기처럼 보이리라. 밤과 낮의 표정이 전혀 다른 도시다.

차 도구와 앤티크 가구, 아름다운 천과 불상, 시크한 아름다움을 지닌 물건들이 지금도 생활 속에 뿌리 깊게 자리하고 있는데, 한편에서는 유난히 키치를 선호하는 사람들.

어제 저녁때는 'M on the Bund'라는 레스토랑의 옥상 테라스에서 야경을 보았다. 눈부시게 아름다운, 그리고 재미난 야경이었다. 만약 이 도시에 살고 있다면, 나는 이곳에서 보는 야경을 사랑스럽게 여기겠지, 하고 생각했다. 사랑스럽게 여겨지는 야경은 많지 않다. 무수한 불빛이 거리를 꾸미는 동시에 잠들게 하고, 거기 사는 사람들의 생활을 품고 있는 푸근한 야경이라고 생각했다.

그곳에서 보이는 풍경은, 큰 거리를 끼고 왼쪽에는 클래식하고 중후한 석조 건물이 줄을 잇고, 뽀얀 빛이 그 건물들을 아래에서 비추고 있다. 오른쪽에는 강이 있고, 강 주위는 화려하고 알록달록한 전구의 바다, 그 강가를 사람들이 출근 시간의 역을 걷는 듯한 밀도와 속도로 걸어 다닌다.

"저기에 선착장이 있어서, 일본에서 온 배도 거기로 도착합니다."

알록달록한 쪽의 한 점을 가리키면서 현지 코디네이터가 가르쳐 주었다. 비행기가 없던 시절에는 모두 그곳에 내렸을 것이다. 이 경치가—무척 많이 변했겠지만—상하이에 도착한 사람들 눈에 처음 보이는 경치였다.

이 오래된 건물은 지금처럼 외국 자본계 호텔과 빌딩이 줄줄이 들어서기 전부터 이 도시에 이미 자리해 있었다. 외국 자본으로 지은 당시에는 흔치 않았던 건물이고, 옥상에 있는 서양 스타일의 레스토랑 바에는 어제도 서양인 손님들이 많았다.

상하이는 그렇게 큰 도시는 아닌데, 아주 큰 도시로 여겨진다. 큰 고장, 이라는 말이 걸맞을지도 모르겠다. 식물과 강과 사람들이 힘차다고 할까 강건하다고 할까, 당당하다고 할까, 늠름하다.

대지의 풍요로움을 숨길 수 없는 것이다, 아마도. 아무리 맛을 진하게 요리해도, 이 도시에서 먹은 채소 하나하나가 모두 그 채소의 맛이 나는 야성적인 채소였다는 것, 옆 테이블에서 먹고 있는 양고기 냄새가 숨이 막힐 정도로 진하게 풍겼다는 것과 비슷하다.

음식은 사람을 만든다, 정말.

여행을 하다 현지에서 그 고장 음식을 먹으면, 몸이 조금은 그고장 사람에게 다가간다.

다음은 이번 여행 중에 먹은 음식에 관한 나의 메모.

• 칭따오 맥주는 큰 병으로 나오고, 기린 이치방 시보리는 일본에서 마시는 버드와이저 사이즈의 병으로 나온다.

• 상하이 게의 식감은 갯가재 같았다. 은은히 스미는 맛, 맛있었다.

• 우롱차는 시원한 색감에 볶은 콩 같은 구수한 풍미가 난다.

• 설합雪蛤은 개구리 피하지방이다. 코코넛밀크에 띄운다. 돈 많은 여자는 제비집으로, 돈이 많지 않은 여자는 개구리 피하지방으로 콜라겐을 섭취해 아름다움을 유지한다고 한다.

• 가든 테라스에서 먹은 돼지 스페어립 마늘찜, 맛있었다. 스페어립을 뼈째 2센티미터 두께로 자르다니, 엄청난 칼이다.

• 중국 배는 초록색에 타원형. 껍질을 벗기지 않고 냄새를 맡으니 사과 향. 속은 배 냄새가 나는데.

• 약간 달달한, 고기 든 튀긴 빵이 마음에 들었다. 팔각의 풍미.

• 말린 수박씨, 맛있었다. 이것도 팔각의 풍미.

• 금목서 수프에 든 새알 속의 깨 앙금, 쫄깃쫄깃하고 소금기가 있어 정말 맛있다.

• 현대적인 호텔의 호화로운 바에, 그런 규칙이라도 있는 것처럼 색깔 입힌 물(트로피컬한 색감의)이 진열되어 있어 흥미로웠다.

• 생크림은 아직 동물성이 아니다.

"도쿄는 경기가 어때?"

갑자기 누가 물었다. 'FACE'의 매니저 앨버트 씨였다. 조금 전에 인사했을 때, 오호라, 이런 사람이 청년 실업가로군, 하고 감탄했는데, 청년 실업가와 경제 얘기를 하는 건 내게는 좀 벅찬 일이다.

"미안해, 나는 신문도 텔레비전도 보지 않는 생활을 해서."

내가 대답하자, 앨버트 씨는 어깨를 으쓱하고는, 어딘지 모르게 수심에 찬 표정—계속 그런 표정이었다—으로 와인을 따라 주면서 말했다.

"파리의 루이비통에 지금도 도쿄의 젊은 여자들이 줄을 서는지, 그걸 물은 거야."

이번에는 내가 어깨를 으쓱한다.

"파리의 루이비통에는 가 본 적이 없어서."

우리는 잠시 침묵한 채 와인을 마셨다.

"싱가포르 경기는?"

앨버트 씨는 싱가포르 사람이라 그렇게 물었는데, 그는 조금 전처럼 어깨를 으쓱하고는,

"오래 안 가 봐서 잘 모르겠어."

하고 대답한다. 이거 뭐지, 싶다.

하지만 나는 그의 냉담함이랄까, 전혀 흥분하지 않는 점이 흥미로웠다. 지금의 상하이 같다고 생각했다. 화려하고 경기를 타고 있는데, 어딘가 모르게 시큰둥하고 냉담하다.

앨버트 씨와 소설 얘기를 잠시 했다. 요즘 이 도시에는 '상하이 베이비', '상하이 캔디', '상하이 비트' 등의 소설이 속속 생겨나고 있다. 나는 읽지 않았는데, 앨버트 씨는 책을 많이 읽는지 벌써 읽었단다. 이곳은 세련되고 멋진 가게인 데다 최신 스폿이라 그런 소설을 쓴 작가들도 간혹 얼굴을 보이는 모양이다.

"술과 쾌락, 그런 소설이야. 알잖아."

앨버트 씨는 그렇게 설명하고는 난처한 듯이 미소 지으며 또 어깨를 으쓱했다. 나도 뭐라 대꾸하기가 난감해서,

"그렇군."

하고서, 잔에 조금 남은 와인을 흔들었다.

창밖으로, 잔디밭을 가로질러 오는 편집자와 카메라맨과 코디네이터가 보였다. 기자재를 들고 있는 걸 보면, 건물 외관 사진을 찍고 오는 것이리라. 빛을 받아 비와 해거름에 속에 떠오른 이 건물은 그윽하다.

밖으로 나오니, 공기가 차갑고 맑았다. 이미 밤이 시작되었다.

매일 밤 생각하는데, 상하이의 밤바람은 상쾌하다. 밖으로 몰려나와 걷고 싶어지는 사람들 기분을 이해할 것 같다. 느긋하고 정겨운 바람이다. 이 고장을 흘렀던 긴 시간이, 꼭꼭 배어 있다.

내일은 도쿄로 돌아가는 날이다.

"오늘 밤은 뭘 먹을까요?"

비가 그치고, 젖은 잔디를 밟으면서 편집자가 물었다. 거짓말 같은 이 도시는 맛있는 것을 찾으려 고생할 필요가 없는 곳이기도 하다.

"뭐든 좋아."

이미 와인의 취기가 돌기 시작한 나는 난감한 듯이 고개를 으쓱하면서 앨버트 씨 흉내를 내 본다.

《코스모폴리탄コスモポリタン》, 2003년 1월호.

밖에서 논다

전에 살던 그 동네에 대해서, 그 풍경과 냄새와 촉감에 대해서,
내 기억이 가족 누구보다 선명한 것은 사실 당연한 일이다. 나는
어렸고, 늘 밖에서 놀았으니까.

밖에서 논다! 내가 생각해도 절반은 놀랍고 절반은 그 시절이
애틋해지는데, 만약 지금 내가 그런 말을 하면, 들은 사람은 보나
마나 내가 술을 마시러 바에 간다고 여길 것이다. 지금은 그런 생
활을 하고 있다.

그 무렵의 '밖'은 말 그대로 '밖', 그것도 '동네'였다. 수많은 것
들을 기억하고 있다. 동그랗고 회색이고, 높이 솟아 있었던 전화
국의 철탑. 노송나무와 널 울타리에 둘러싸인 집, 그 마당에 있었

던 비파나무. 해거름에 벽돌담을 기어올라가 보았던 밭과, 그 한 구석에 무리 지어 피어 있었던 제비꽃. 막 아스팔트로 포장된 길의 냄새와 열기, 부드러움, 젖은 듯 반짝거리는 빛. 두 군데 있었던 문구점 중 작은 쪽에서 팔았던 무늬가 신기한 학종이. 전통과자와 서양과자를 같이 팔았던 역 건너 과자가게에서, 팔리지 않아 제일 마지막까지 남아 있던 과자는 박태기나무 꽃만큼이나 분홍색이 짙은 '스아마(찹쌀떡의 일종으로, 길쭉한 어묵 모양으로 만들어 썬 것_옮긴이)'였다는 것. 동네에 대형 아파트가 처음 들어섰을 때, 혼나지 않을까 조마조마해 하면서 엘리베이터를 타고 옥상에 올라갔던 일.

나무도 흙도 전신주도, 길도 벽도 담장도 손으로 만졌던 기억이 있다. 간판도, 노상에 주차된 차도, 남의 집 차고의 셔터도, 가시철조망도, 전화 부스도.

그 무렵, 밖에서 논다는 것은 동네를 직접 만지는 것이었다.

_〈동네 이야기〉 1, 《주간 분슌週刊文春》, 2005년 4월 14일호.

소유하는 도시

뉴욕은 내가 좋아하고, 또 추억도 많은 도시다. 하지만 옛날에 빌리 조엘을 들으며 꿈꾸었던 뉴욕과는 전혀 다른 도시다. 한 번도 가보지 못한 상태에서 두고두고 상상하고, 그 색과 소리와 정경과 상황, 그리고 마음속으로 그 스토리까지 만들어 냈던 도시에, 사람은 절대 갈 수 없다.

그러니까 나는 자크 프레베르의 시를 읽고 선망했던 파리에도, 크레이그 라이스를 읽고 동경했던 시카고에도 갈 수 없다. 비극적이다.

하지만 갈 수 없는 대신 나는 그 도시들을 소유하고 있다. 완벽한 개인 소유라서, 나만의 것이다. 같은 책을 읽거나 같은 음악을 들으면서 그 장소를 동경한 사람이 백 명 있다면, 서로 다른 도시가 백 군데 있는 셈이다.

소유하는 도시. 실제로 사람들은 마음속에 그런 도시를 수도 없이 소유하고 있다. 물론 그곳은 가보고 싶었거나 동경했던 도시만은 아니다. 전에 살았던 동네, 간 적 있는 도시, 또는 이미 죽은 누군가가 살아 있을 때 웃으며 지냈던 도시.

내가 소유하고 있는 동네 중에, 과거 할아버지 할머니가 사셨던 시즈오카 현의 한 곳이 있다. 그곳은 늘 여름이고, 도톰하고 빨간 협죽도가 피어 있었다. 그리고 무엇보다 큰 특징은 양철이 많았다는 것. 초록빛이 도는 하양이라고 할지 우윳빛 초록이라고 할지, 뭐라 표현할 수 없이 부드러운 색감의 양철이 온 동네 집의 지붕에도 벽에도 담장에도 사용되었다. 양지와 음지가 유난히 선명하게 구분되었고, 그 온도차도 깜짝 놀랄 만큼 컸다. 큰 목재점이 한 군데 있었고, 밖에서도 목재의 매끄러운 피부와 균일한 형태가 보여서 넋을 잃곤 했다. 지금은 그곳에 갈 수 없지만, 사람은 한번 소유한 장소를 절대 잃지 않는다.

_⟨동네 이야기⟩ 2, 《주간 분슌》, 2005년 4월 21일호.

찾아가는 동네

마음에 드는 레스토랑이 있는 동네에 살고 있지는 않다. 그러나 마음에 드는 레스토랑이 있는, 그 동네에는 찾아간다. 나는 그것이 즐겁다. 물론, 그 좋은 레스토랑이 있는 동네에 살면서 통근하는 사람도, 통학하는 사람도 있을 것이다. 하지만 나는 마음에 드는 레스토랑에 가기 위해 그 동네에 간다. 내게는 오로지 그 레스토랑에 가기 위해 존재하는 동네다.

밤이고, 도로에는 자동차가 보도에는 사람들이 많이 있다. 쇼윈도를 장식한 옷과 구두와 장신구. 스쳐 지나가는 사람들의 목소리와 코트와 담배 연기. 음악과 시끌시끌함. 조그만 건물, 큰 건물. 수많은 간판, 한결 밝은 빛과 냄새가 흘러나오는 패스트푸

드점. 하루 일과를 끝내고 돌아가는 낯선 사람들의 분주한 걸음, 슬슬 가게 문을 닫으려는 꽃집과 빵집.

겨울이면 겨울의 팽팽한 바깥 공기 냄새가 나고, 여름이면 여름의 촉촉하게 젖은 밤공기 냄새가 난다. 가로등도 가게의 불빛도 넘쳐나, 달은 떠 있어도 눈에 띄지 않는다. 눈에 잘 띄지는 않지만 올려다보면 바로 거기에, 동그랗게 둥실 떠 있곤 한다.

그런 동네를, 반가운 마음으로 나는 걷는다. 배가 고프고 목도 마르다. 이제 조금만 더 가면 그 모두를 채울 수 있는 장소에 도착한다는 것을 안다.

내게 그런 동네에는 좋은 것밖에 없다. 아름다운 것, 즐거운 것, 맛있는 것, 유쾌한 시간, 좋은 사람들.

사는 동네와 일하는 동네, 또는 자신이 태어나고 자란 동네와는 그 점이 결정적으로 다르다. 좋은 것만 있는 동네, 즐거운 일만 있는 동네, 신나고, 북적북적하고, 그리고 한껏 웃을 수 있다. 그렇게 놀라운 동네가 '찾아가는 동네'다.

_〈동네 이야기〉 3, 《주간 분순》, 2005년 4월 28일호.

동네 안의 친구

전신주에 기대어 있는 노란 것, 에 대해 쓰려고 한다.

그것은 여기저기에 있는데, 내가 태어나고 자란 동네에서 처음 본 후로 최근까지 줄곧, 정체를 모르는 채 강한 친근감을 품어왔다. 커다랗게 굳건히 자리하고 있는 전신주 옆에, 가느다란 것이 비스듬히 서 있다. 마치 의존하는 것처럼.

노란 것 없이 서 있는 전신주는 많지만, 전신주 없이 서 있는 노란 것은 본 적이 없다. 어렸을 때 나는, 그 가련함과 자립하지 못한 불안한 모습에서 자신을 보곤 했다.

길을 걷다가 그걸 발견하면 절로 발이 그쪽으로 빨려가, 탁 하고 한 손으로 치듯 만졌다. 친구의 어깨에 그렇게 하듯. 노란 것은 합성소재로 된 덮개라서 퍽, 하면서 다소 맥없는 감촉의 소리가 났다. 표면은 매끄럽지만, 전신주처럼 딱딱하지도 차갑지도 당당하지도 않았다.

그걸 만지면 안심이 되었다. 동네라는 미지의 세계에서, 나와 비슷한 부류를 발견한 기분이 들었다.

전신주에 기대어 있는 노란 것이, 실은 전신주를 지탱하는 케이블이라는 것을 바로 얼마 전에 알았다. 대체 뭔지 알았느냐고 물으면, 대답할 말이 없다. 이미 거기에 있는 것, 늘 거기에 있는 것으로 너무도 익숙해서, 그게 뭔지 생각해 본 적이 없었다.

그리고 알고 보니, 동네에는 눈에는 익은데 뭔지 모르는 것들이 아주 많았다. 조사하려 해도 뭔지를 모르니 어떻게 조사하면 좋은지, 어디에다 물으면 되는지 모른다. 모르는 채, 그저 거기에 있다. 나는 그런 것들을, 지금도 조금은 동네 안의 친구라 여기고 있다.

_〈동네 이야기〉 4, 《주간 분슌》, 2005년 5월 12일호.

현악기 소리

어떤 한 가지 물체를 시각적으로 포착했을 때, 나는 그 크기를 잘 가늠하지 못한다. 그런 감각이 결여되어 있는 것이다. 내 머리가 상식적인 판단 기준을 갖추지 못한 탓이라고 생각한다. 예를 들어서, 누군가가 다이아몬드 반지를 끼고 있다 치자. 나는 그것을 '어머나 다이아몬드가 크네.'라고 말해야 할지, '어머나 조그맣고 귀여운 다이아몬드네.'라고 말해야 할지 모른다.

요 얼마 전에도, 신키바 앞에 있는 부두에 갔다가 항구에 드나드는 배와 저무는 해, 도쿄만 너머로 보이는 후지산, 하나둘 불이 켜지기 시작한 빌딩들과 관람차를 바라보았는데, 같이 간 친구가 어이없어한 일이 있었다. 바다를 끼고 저편이 하네다 공항이라, 그곳에 착륙하려는 비행기가 보라색 해거름을 배경으로 날개 등을 깜빡거리며, 조용히 낮게 나는 것이 보였다. 마침 러시아 워라 비행기들은 순서를 지켜 한 대씩 미끄러지듯 나타났다가 사라졌다. 그 모습이 너무도 아름답고 귀여워서, 나는 한참이나 넋을 잃고 바라보았다.

"어머, 저 비행기는 캄캄하네. 왜 날개 등을 하나도 켜지 않았지."

나의 그런 발언에, 순간적으로 모두가 침묵하고 말았다. 그리고 한 명이 말했다.

"에쿠니 씨, 저건 갈매기입니다."

너무 부끄러워 말은 못 했지만, 나는 그때 마음속으로 이렇게 생각했다. 정말? 그래도 잘못 볼 수도 있겠네. 똑같이 생겼잖아.

비행기와 갈매기가 나란히 있으면, 당연히 잘못 볼 리 없다. 크기의 차이가 일목요연하기 때문이다. 그런데 어느 한쪽만 하늘에 떠 있을 때는 그것이 갈매기만 한 크기인지, 비행기만 한 크기인지 나는 판단이 서지 않는다.

중학생 때 친구 집에 놀러 갔다가, 물었다.

"기미코, 너 바이올린 배우니?"

기미코와 나는 초등학생 시절에 같이 피아노를 배웠던 사이

한동안 머물다 밖으로 나가고 싶다

였다.

기미코는 정말 놀란 것처럼 눈을 동그랗게 뜨고 말했다.

"가오리, 이건 기타야."

덧붙여 말하는데, 기타는 케이스에 들어 있었다. 케이스 밖에 있었으면, 어쩌면 알았을지도 모른다, 하고 쓰기로 한다. 일단.

이렇게 나의 시각에는 맹점이 있다. 대상이 현악기이면 더욱이 그렇다. 음악을 좋아해서 콘서트에는 자주 가는데, 오케스트라를 봐도 악기 이름을 전부 말하지는 못한다. 현악기의 경우, 비올라는 귀엽게 생겼다고 생각한다. 관악기 종류는 더 모른다. 가로로 부는 것은 모두 플루트로 보이고, 세로로 부는 것은 모두 오보에로 보인다.

그런데, 음악이 시작되어 눈을 감는다. 그러면 정말 선명하게 한 악기 한 악기에서 흘러나오는 소리를 알 수 있다. 조용히 피어오르듯 선명해지는 소리는 바이올린, 그리고 비올라, 그보다 한발 늦게 첼로. 처음에는 낮고 리드미컬하게 새겨지던 첼로 소리가 어느 부분부터는 풍성하게 부풀어 높은 음역을 부드럽게 연주한다. 그때 바이올린과 비올라가 만드는 경쾌하지만 다소 습기를 머금은 선율.

참 신기하다. 튜바와 색소폰의 차이는 보면 몰라도 들으면 안다. 트럼펫과 트롬본도, 클라리넷과 오보에도, 첼로와 콘트라베이스도.

특히 나는 콘트라베이스의 소리를 좋아하는데, 어떤 곡을 흥얼거리다 그 소리를 섞는 버릇이 있어, 무슨 곡을 흥얼거리고 있는 것인지 아무도 모르는 일이 종종 있다. 글로 표현하기가 쉽지 않은데, 예를 들어 모차르트의 바이올린 협주곡 제3번 사장조의 그 유명한 선율—매끄러운 바이올린의 타라타타타타, 타라타타타타의 반복—을, 내가 허밍하면, 타라붐붐붐타, 타라붐붐붐타, 가 된다. 붐붐……이 부분에는 멜로디가 없으니, "왜 있잖아, 이런 곡, 모차르트의 아, 뭐더라." 하는 말 뒤에 이렇게 허밍해 봐야 상대에게는 전혀 전달되지 않는다.

하지만 그때, 내 안에는 주선율인 바이올린이 경쾌하게 울려 퍼지고 있기 때문에, 타라붐붐붐붐타—로 충분히 그 선율이 재현되고 있다는 기분이다. 그러고는 "왜 모르는데? 왜 이런 곡 있잖아, 잘 들어 봐." 하고는 또 타라붐붐붐붐타. 마치 정신 나간 늙은 여자처럼.

음악에는, 눈에는 보이지 않는 장소에서, 너무도 생기발랄하게 피어오르는 성질이 있다고 생각한다.

그리고.

나는 평소, 일하는 중에는 음악을 듣지 않는다. 가끔은 듣지만, 그런 때도 보컬이 없고 악기 수도 많지 않은 곡이 좋다. 그중에서도 현악기는 요주의.

심금을 울린다, 하는 말이 단적으로 보여주듯이 현악기 소리는 사람의 마음을 휘젓는다. 무턱대고 듣다가는 동요하게 된다.

언어를 사용하는 일을 할 때, 언어 이외의 영역이 마음을 건드리면 곤란하다. 그래서 대개는 피아노 곡을 듣는다.

다만 동네에서 공사를 하는 경우는 다르다. 그렇다는 것을 얼마 전에 발견했다. 나 개인적으로는 큰 발견이었는데, 소음이랄 만큼 크지 않은 공사장의 잡음으로 현악기가 지니는 긴박감에 적당히 바람구멍이 뚫린다.

예를 들어서, 일하는 중에(또는 일상의 다른 장면에서, 즉 콘서트 홀이 아닌 장소에서) 듣기에는 정감이 지나치게 풍부한 요요마의 첼로 앨범도, 한낮에 멀리서 들려오는 공사 현장의 소리와 겹쳐지면, 방 공기가 신기하게 밝아진다.

발견하자마자 몇 번 실험해 봤는데, 그 상황에서 가장 극적인 효과를 발휘한 것은 영화 〈책 읽어주는 여자〉의 사운드 트랙 CD였다. 모두 베토벤의 곡. 여덟 곡 중에 두 곡이 피아노 소나타고 한 곡이 교향곡. 나머지 다섯 곡은 바이올린 곡과 첼로 곡이다.

이 악기들 특유의 명석함과 풍성함(속도가 빠른 바이올린 소리는 하모니카 소리와 비슷해서 풍성하다)이 방을 채운다. 평소 같으면, 그 진폭에 일일이 가슴이 두근거린다. 그런 것이 음악의 마력일 테니 어쩔 수 없다. 그런데 공사장의 잡음이 섞이자 똑같은 음악이 뭐라 말할 수 없이 일상적인 것이 된다. 공간이 평상복이 되면서 어깨에서 힘이 쭉 빠지는 느낌. 안심하고 차오르는 음악에 몸을 맡길 수 있는 느낌.

동네에서 공사가 끝났을 때는 실망했다. 또 어딘가에서 시작되면 좋겠네, 하고 생각하고 있다.

_《현악 팬弦楽ファン》, 2006년 겨울호.

아이들 주변 1

　여름이고, 그 배 위에는 수많은 사람들이 있었다. 남자와 여자, 어른과 아이들. 햇살, 물방울. 엔진 냄새, 수면 위로 튀어 오르는 날치, 아이스박스 안에는 캔 맥주. 우리—배의 주인인 남자 작가와 그의 친구와 지인, 그리고 또 그들의 친구와 지인—는 세토내해를 크루징하고 있었다. 10여 년 전의 일이다. 바다에는 길이 없으니, 온 사방이 물이고, 오후는 길고 눈부시고 덥고 아름답고 나른했다.

　좋은 여행이었다. 배 위에서 낮잠을 자든 술을 마시든 얘기를 나누든, 그저 가만히 있든, 모두가 하고 싶은 대로 하면 그만이었다. 그래도 나는 내심 조마조마했다. 아이들까지 모두 멋대로 행동했기 때문이다.

대체 아이들의 엄청난 에너지는, 그 조그만 몸 어디에 저장되어 있는 것일까. 숨을 헉헉거리며 뛰어다니고, 끝없이 떠들고, 또 뛰어다니고, 웃고, 울고, 때로는 괴성을 지르고, 그리고 또 뛰어다닌다.

나는 그들에게서 눈을 떼지 못하고, 제발 부탁할게, 하는 생각만 하고 있었다. 부탁이니까, 제발 좀 가만히 있어 줘. 여기는 바다에 뜬 배 위다. 위험해서, 나는 몇 번이나 숨을 삼켰다. 아직 학교에 다니지 않는 어린아이들이 뱃전(정말 바깥쪽이라 한 걸음 잘못 내디디면 바다!)을 뛰어다닌다. 나는 조마조마하고 불안한데도, 말은 못 하고 애만 태웠다. 왜 아무도 막지 않는 것일까.

"혼내면 안 돼."

그때, 키를 잡고 있던 배의 주인인 작가가, 불쑥 그렇게 말했다. 앞을 향한 채, 내 쪽은 보지 않고 퉁명스러운 작은 목소리로.

"걱정하는 게 싫어서 혼내면 안 되지. 그냥 보고 있으면 돼. 그러다 떨어질 것 같으면 도와주면 되고."

나는 움찔했다. 나를 꿰뚫어 본 것이다. 옳은 말이다. 그리고 마치 다섯 살짜리 어린아이가 어른을 보는 기분으로, 그를 쳐다보았다.

_〈어른의 나침반〉,《주간 분순》, 2006년 8월 10일호.

아이들 주변 2

어린이 회의였는지 어린이 포럼이었는지 명칭은 잊었는데, 아이들이 무대에 올라 의견을 말하는 행사를 견학하러 간 일이 있다. 그날 주제는 '어른과 아이 중 누가 득인가' 하는 것이었다. 나는 아이들이 당연히 '어른이 득'이라고 주장할 거라 예상했다. 어른은 밤에도 밖에 나갈 수 있고, 술도 마실 수 있다. 사고 싶은 것을 마음껏 살 수 있고, 쉬는 날 컴퓨터만 하고 있어도 누가 뭐라지 않는다. 아이들은 할 수 없는 일이 어른에게는 많이 허용된다.

그런데, 아니었다. 거기에 참석한 초등학생들은 한 명도 빠짐없이 '아이가 득'이라는 쪽에 손을 들었다. 그들 말이 "어른은 일을 해야 하잖아요." "힘든 일도 많잖아요." "주택 융자금 걱정도 있고." "아이 키우는 것도 힘들고."

객석에서 나는 말문이 막히고 말았다. 아이들이 하는 말은 전부 사실이다. 하지만, 어린이들 모두가 정말 그렇게 생각하고 있는 것일까. 누가 그렇게 가르쳤을까? 나는 아이들이 딱해지고 말았다. 그들은 어차피 어른이 될 테고, 그 사실을 그들도 알고 있을 것이다. 어린 시절에나 즐겁지, 어른이 되면 괴로운 일만 많다고 생각하면서 어른이 되다니, 최악이 아닌가.

내가 어렸을 때는 주위에 즐거워 보이는 어른들이 참 많았다. 밤 새워 마작을 즐기고, 떠들썩하게 술을 마시고, 아이들은 먹을 수 없는 안주를 먹고, 이상한 옷차림으로 다니기도 하고, 보고 싶은 영화를 마음대로 보고. 그들은 물론 '일'을 하고 있었고, '주택 융자금'도 '자식'도 있었다. 하지만 인생을 즐겼다. 어른에게는 어른의 세계가 확실하게 있었고, 나는 그 세계를 동경했다. 어른들은 참 좋겠네. 아이들이 그렇게 생각하도록 할 수 있는 그들은 멋졌다.

_〈어른의 나침반〉, 《주간 분슌》, 2006년 8월 17 · 24일호

사양하지 않는 예의

레스토랑에서 식사를 할 때, 돈을 지불하는 사람이 내가 아닌 경우에는 먹고 싶은 것을 고르기가 껄끄럽다. 예를 들어 일 관계로 회식을 할 때, 모두 똑같은 코스 요리를 먹게 될 경우에는 문제가 없는데 "뭐든 먹고 싶은 걸 마음대로."라고 하면서 메뉴를 건네주면 난감하다. 와인 리스트를 내미는 날에는 더욱이 난감하다. 비싼 것을 주문하자니 배려가 없는 것 같고, 그렇다고 제일 싼 것을 주문하자니 상대를 깔보는 것 같고, 식사에 대한 기대나 즐기려는 마음이 별로 없는 것 같아 실례가 될 수도 있고……. 마음이 어지럽다. 손님용으로 가격이 표시되지 않은 메뉴판도 있기는 하지만, 그래도 보면 대충 짐작이 가기 마련이다.

한동안 머물다 밖으로 나가고 싶다

상대가 식사 대접을 할 때 금액을 신경 쓰는 것은 예의 바르지 않은 처신이라는 건 알고 있지만, 역시 신경이 쓰인다. 그렇게 신경을 쓰는 것은 필요한 일이지만, 신경을 쓰는 것으로 끝이라면 아이들도 할 수 있다는 걸 가르쳐 준 사람이 있다.

어느 작가에게 얻어먹는 자리에서, 그 사람은 금액적으로 아주 무례하게 자기가 마시고 싶은 와인을 골랐다. 그 사람도 역시 작가다. 장난스럽게 눈을 반짝거리며 아주 유쾌하게, "음, 이 와인이 좋겠는데. 음, 이걸로 하지. 맛있겠어." 하고 말했다. 돈을 낼 작가는 "제법 비싸겠는데." 하고 말을 받았지만, 누가 봐도 기뻐하는 표정이었다. "그래요? 그럼 뭐, 다른 걸로 하지." "왜 그러는데?" "아, 그럼, 다른 걸로 하는 걸 그만두지."

마치 만담 같은 대화에 함께 자리한 사람들 사이에서 웃음소리가 일었다.

상대에게 최대한 부담을 주고 싶지 않다, 하면 듣기에는 좋지만 대개는, 눈치가 없다고 여겨지고 싶지 않다는, 어린애 같은 생각일 뿐이다. 뭐든 먹고 싶은 걸 마음껏, 이라는 말을 들었을 때는 사양이 필요치 않은 것이 어른의 예의라고 나는 생각한다.

_〈어른의 나침반〉, 《주간 분슌》, 2006년 8월 31일호.

가엾게, 라는 말

　어린 시절, 감기에 걸려 열이 났을 때 아버지가 "가엾게." 하고 말하곤 했다. 얼굴을 찡그리고 정말 안쓰러운 것을 보듯이 나를 보면서 아버지는 슬픈 표정으로 그 말을 발음했다. "가엾게." 그 말을 하는 아버지 심리에는 가령 당신의 딸이라도 다른 육체이며 다른 인격이고, 손댈 수 없는 다른 생명이라는 인식이 작용했을 것이라 생각된다. 어떤 유의 거리감, 이라고 해야 할까.

　하지만 나는 아버지가 감기에 걸려도 "가엾게." 하고 말할 수 없었다. 아이가 할 수 있는 말이 아니었다. 하지만, 나는 생각한다. 자신을 아이라 생각지 않는 나이가 되었지만, 만약 지금 아버지가 살아 있는데 감기에 걸렸거나 부상을 당하는 등 어떤 재난을 입었다면, 나는 과연 그 말을 할 수 있을까.

아버지는, 신문이나 텔레비전에서 불합리하거나 잔혹한 사건과 사고 뉴스를 볼 때면, 때로 그 말을 했다.

가엾게, 는 위험한 말이다. 자칫하면 가볍게, 표면적으로 들릴 수도 있다. 또는 불손하게. 당신은 불행하지만 나는 다르다, 하는 거리감 탓일지도 모르고, 나는 당신의 그 불행한 상황에 대해 할 수 있는 것이 없다, 하는 언뜻 냉담해 보일 수도 있는 체념 탓인지도 모른다.

그 말은 애당초 상대를 위로하거나 상대의 용기를 북돋기 위해 하는 말이 아니다. 누군가를 위해서가 아니라 그저 입에서 나오는 말, 거리감과 체념에서 비롯된 슬픔의 토로. 뭐라도 할 수 있으면 하고 싶다. 어른으로서.

가엾게, 라는 말을 적어도 오해를 두려워하지 않고 할 수 있기를 바란다. 하지만 지금 내가 그 말을 사용할 수 있는 사람은 연애 상대와 여동생과 내가 키우는 개뿐이다.

_〈어른의 나침반〉,《주간 분슌》, 2006년 9월 7일호.

콩깍지 손질하기 — 작가의 먹방 1

눈까지 내려 참 추운 3월이라고 여겼는데, 요 며칠 사이에 무척 따뜻해졌다. 그제는 올 들어 처음 코트를 입지 않고 장을 보러 근처에 나갔고, 어제는 반소매 티셔츠 차림의 남자가 카페에서 무릎에 개를 앉혀놓고 편안히 쉬는 모습을 보았다.

지난 몇 년 동안, 봄이 오면 생각되는 일이 있다. 껍질째 먹는 어린 완두콩과 강낭콩을 손질할 때, 껍질을 그대로 요리해 먹기 때문에 껍질과 껍질 사이를 이어주는 딱딱한 줄기를 떼어내야 하는데, 그 줄기가 줄어든 듯한 기분이 든다. 콩깍지에서 줄기를 떼어내는 것은 계절 감각이 느껴지는 즐거운 작업이다. 완두콩은 톡, 강낭콩은 툭 하고 꼭대기를 꺾어서 그대로 아래로 죽 벗겨

낸다. 줄기가 때로는 반투명한 초록색 가느다란 리본처럼, 때로는 꼬불꼬불하게 말려서 벗겨진다. 리본일 때는 곧바르게, 꼬불꼬불하게 말릴 때는 거미줄처럼 가련하게.

줄기가 도중에 끊어지면 끝까지 벗겨내기가—끊어진 곳을 다시 찾아내기가 고생스럽다. 끝까지 쏙 벗겨지면 기분이 후련하다. 콩깍지에서 줄기를 떼어내는 일은 말려서 딱딱한 가다랑어를 얇게 포 뜨는 일이나 무를 가는 일과 함께 어린이가 할 수 있는 '부엌일'이다. 부엌에서 어머니가 불러서 가면 대개 그런 일이 기다리고 있었다. 힘이 필요한 가다랑어 포를 뜨는 일이나 무가는 일과 달리, 요령만 알면 깔끔하게 벗겨낼 수 있는 콩깍지 손질이 좋았고, 또 잘한다고 생각했다.

그런데, 요즘 달라졌다. 줄기가 잘 벗겨지지 않는다. 꼭대기를 톡, 혹은 툭 꺾어도 줄기가 보이지 않는다. 보이는 경우에도 너무 가늘고 허망해서, 대개는 도중에 끊어지고 만다. 한번 끊어지면 두 번 다시 찾을 수 없다. 점차 짜증이 난다. 그런데도 작업을 도중에 그만둘 수는 없어 끝까지 계속한다. 더욱 짜증이 난다. 아, 쏙쏙 벗겨내고 싶은데. 쏙쏙 벗겨내고 싶은데. 그러나, 벗겨지지 않는다.

신기한 것은 줄기를 완벽하게 벗겨내지 않고 먹었을 경우에도 식감에 별 차이가 없다는 점이다. 품질 개량을 한 것일까 하고 의심해 보지만, 만약 그렇다면 '그대로 먹어도 부드러운'이라든지 '줄기를 벗겨낼 필요가 없는'이라고 요란하게 떠들어댈 듯한데.

내 솜씨가 둔해진 것일까. 원래도 그렇게 솜씨가 좋은 편은 아니었지만, 수수께끼다. 그래도 봄에는 초록 채소가 맛있다. 그래서 나는 보이지 않는 줄기를 벗겨내고, 어린 완두콩을 볶고 어린 강낭콩을 삶고, 줄기는 벗겨내지 않아도 콩밥은 짓는다.

_《아사히 신문》, 2010년 4월 3일호.

인도 레스토랑—작가의 먹방 2

삼사 개월에 한 번 꼴로 가는 인도 레스토랑이 있다. 여느 인도 레스토랑은 흔히 실내가 호화찬란하고 키치한데, 이곳은 심플하고 시크하다. 그리고 조용해서 우선 마음에 든다.

그 레스토랑의 탄두리 치킨은 그야말로 일품이다. 한번 그 맛을 알면 다른 가게에서는 먹을 수 없을 정도다. 향신료 향이 강한 시크 카바브도 정말 맛있다. 진한 카레는 영양도 만점에 맛도 좋다. 처음에는 달콤한데 단박에 땀이 솟는 매운 치킨(또는 새우) 반달루, 신선한 풍미가 나는 가지와 생 스파이스 카레 등. 갓 구워낸 난이 또 맛있어서, 버터가 번들거리는 뜨거운 난을 아무것도 바르지 않고 뜯어 먹는다.

어느 요리든 소박하면서도 맛이 좋아, 미각뿐 아니라 몸 전체가 도취되는 것을 느낄 수 있다.

아주 조그만 가게이고, 인도인 아저씨가 혼자서 꾸려간다(얼마 전까지는 아마 부인이겠지 싶은 일본인 여자가 있었는데, 요즘은 보이지 않는다). 그런데 이 아저씨가 또 뭐라 말할 수 없이 좋다. 몸짓과 말투가 부드럽고, 미소에는 늘 수줍음이 배어 있다. 조심스럽고 기품 있고, 장사하는 사람 같은 느낌이 전혀 없다. 괜찮을까? 싶을 정도로 차분하고 느긋하다. 고귀하달까, 여유롭다고 할까, 아무튼 결정적으로 어딘가 모르게 우아하다.

최근에 나는 그 가게의 화장실에 갔는데(어린애 같은 얘기지만, 나는 우리 집이 아닌 장소에서 화장실에 가는 걸 별로 좋아하지 않는다. 그래서 가령 단골 가게라도 화장실이 어떻게 생겼는지 모르는 경우가 많다), 더없이 청결한 그 공간의 벽에 붙어 있는 종이의 글귀를 읽고 감동을 받았다. 손으로 쓴 유려한 필체로 이렇게 쓰여 있었다. '비치된 화장지 이외의 것은 변기에 넣지 마세요. 또 실수로 떨어뜨렸을 경우에는 사양치 말고, 당황치 말고 물을 내리기 전에 가게 사람에게 말씀해 주세요.'

이 얼마나 아름다운 말인가.

나는 잠시 넋을 잃고 바라보았다. '사양치 말고, 당황치 말고'.

배려에 찬 말이다. 주의하라고 써놓은 말인데, 오히려 이쪽이 감사하고 싶은 기분이 든다. 그리고 생각했다. 요리에는 역시 요리를 하는 사람의 인품과 성품이 배어 있다고. 주방에서 일하는 아저씨의 진솔하고 정성스러운 모습과 화장실에 붙어 있는 종이의 아름다운 언어, 풍성함과 그 기품은 절대적으로 이어져 있다.

_《아사히 신문》, 2010년 4월 10일호.

죽—작가의 먹방 3

죽을 좋아해서 종종 먹는다. 죽은 정말 그윽한 음식이라고 생각한다. 쌀과 물의 비율은 물론, 끓이는 시간, 냄비의 종류, 불의 세기에 따라 맛도 식감도 다르게 끓일 수 있다.

잔고기 조림이나 장아찌나 양념장 등의 간단한 반찬이 있으면 흰죽도 좋지만, 내가 죽을 끓이는 것은 대개 한 가지 음식으로 식사를 간단히 하고 싶을 때이다. 그래서 채소 죽(무청을 가장 좋아하지만, 파드득나물이나 고수, 양상추 등 채소면 뭐든 괜찮다. 오이를 사용할 때도 있다)을 끓이거나, 파와 생강과 닭고기로 중국식 죽을 끓이거나, 토마토와 달걀을 넣어 끓이기도 한다. 차죽과 팥죽도 맛있다.

한동안 머물다 밖으로 나가고 싶다

내가 자란 집에서는 새해 초나흗날 한 해의 무병 무탈을 기원하며 먹는 죽에 설탕을 뿌렸다. 사람들에게 말하면 다들 놀라는데, 죽을 끓일 때 설탕을 넣는 게 아니라 공기에 떠서 먹기 전에 설탕을 솔솔 뿌려, 설탕이 녹기 전에 떠먹는 느낌이다. 소금의 역할을 설탕이 하는 것이다. 소금도 어울리지만, 설탕도 어울린다. 이 죽에는 새봄의 일곱 가지 채소 외에 하얀 새알도 들어 있었다.

아주 오래전 일인데, 영국의 어느 호텔 아침 메뉴에서 위스키 포리지라는 것을 발견하고 깜짝 놀란 적이 있다. 위스키 죽? 그것도 아침에? 죽을 좋아하는지라 그냥 보고만 넘길 수 없었다. 호기심에 주문해 보니, 엄청 달짝지근한 쌀 푸딩 같은 것이었다. 위스키의 풍미는 조금도 나지 않고, 뜨거운 우유의 풍미가 났다. 이건 전혀 죽이 아니잖아, 하고 실망했는데 포리지와 죽은 애당초 다른 음식인 것이리라.

지난달 뉴욕에서, 정말 맛있는 죽을 먹었다. 차이나타운의 끄트머리, 거의 노리타 지역에 가까운 곳에 있는 그 가게는 파랑과 핑크색 네온사인이 번쩍거리고, 화려하다고 할까 서부 영화 같다고 할까, 아무튼 발을 들여놓자니 몹시 용기가 필요한 외관이었다. 그런데, 맛은! 눈이 휘둥그레지는 맛이었다. 나는 청경채 죽을 주문했는데, 청경채 외에도 은행, 쇠귀나물, 영콘, 당근, 파,

어린 완두콩, 그린피스가 들어 있었다. 모든 채소가 저마다의 식감이 느껴질 만큼 아주 알맞게 익어 있었다.

"와우우."

내가 그때 터트린 감탄의 말은 이렇게밖에 표기될 수 없는 소리였을 것이다. 맛있는 것을 먹으면, 목소리도 이완된다.

죽은 단순한 음식이고, 그래서 더욱이 초보와 전문가의 솜씨 차이가 두드러진다.

《아사히 신문》, 2010년 4월 17일호.

칭찬의 말 — 작가의 먹방 4

칭찬의 말은 대개가 빈말이거나 배려일 뿐이라서, 가령 진심으로 하는 말이어도 뭐라 대꾸하면 좋을지 난감해진다. 그래서 하는 것도 듣는 것도 서툰데, 딱 한 가지 듣고 싶은 말, 솔직하게는 들을 수 있기를 바라는 말이 있다.

풍요롭게 사셨던 분이군요.

왜 과거형이냐 하면, 내게 이 말을 해줬으면 하는 상대는 이 세상에 한 사람밖에 없고, 그 사람은 화장터에서 내 뼈를 설명과 함께 항아리에 담아줄 사람이기 때문이다.

가까운 사람들을 몇 번이나 떠나보냈기 때문에, 그럴 때마다 화장장의 제일 앞줄에서 설명을 들었다.

"체격이 훌륭하신 분이었군요." 하거나 "뼈가 참 깨끗합니다." 하거나, 한차례 치사를 하고서 설명이 시작된다. 이것은 어느 부위의 뼈이고, 목울대를 왜 목울대라고 하는가 하면, 하고서. 물론 세상을 떠난 사람을 나쁘게 말할 수는 없으니 좋은 점을 찾아 칭찬하는 것인데, 나는 그 사람(항아리에 뼈를 담아 주는 담당 직원)을 놀라게 하고 싶다. 가능하면 처음에는 숨을 삼키고, 그 다음 미소 지으면서 이런 말을 해 줬으면 좋겠다.

"풍요롭게 사셨던 분이군요. 네, 뼈를 보면 알 수 있죠. 영양이 고루 미쳐 있습니다. 신선한 고기와 생선을 많이 드셨군요. 좋아하는 생선은 쥐치, 작은 도미, 그리고 눈볼대였을까요. 그래도 그렇지, 이렇게 뼈가 하얀 분은 쉽게 볼 수 없습니다. 과일도 아주 많이 드셨나 봅니다. 멜론, 수박, 복숭아, 포도, 배. 뼈 하나하나가 다 싱그러워요. 또 이렇게 반들거리는 걸 보면 술도 좋은 걸 마셨겠지요. 나쁜 술을 마시면 이렇게 되지 않습니다. 아니죠, 브랜드가 좋다고 해서 다 좋은 술은 아닙니다. 풍요롭고 즐거운 시간이라고 할까요, 뼈에는 그런 게 다 배어 있는 법입니다. 생전에 본인은 잘 몰랐겠지만, 뼈는 거짓말을 하지 않아요. 네, 일반 사람들은 알기가 쉽지 않겠으나, 우리는 압니다. 철분이 풍부한 간과 시금치도 잘 드셨을 거예요. 아마……버터도 좋아하지 않으셨나 싶군요. 야, 정말 좋은 뼈를 모시게 되어 영광입니다. 이 일을 오래 해 왔지만, 이렇게 행복해 보이는 뼈는 본 적이 없습니다."

언제일지는 알 수 없다. 하지만 언젠가, 그날이 오면 나는 정말, 정말 이런 말을 듣고 싶다. 그래서 오늘도 전력을 다해 맛있는 것을 먹고 있답니다.

_《아사히 신문》, 2010년 4월 24일호.

여행을 위한 신발

봄에 주문한 앵클부츠가 오늘 배달되었다. 짙은 초록색 짧은 부츠로, 끈으로 꽁꽁 여미게 되어 있다. 벌써 몇 달 전에 주문한 것이라, 잠시 잊고 있었다. 약속한 원고와 늘 한꺼번에 밀려드는 교정지, 무더운 날씨 때문에 마당에서 말라가는 식물들, 뜯어보지도 못한 채 쌓여 있는 우편물, 연락하겠다고 하고서 하지 못한 사람들, 먼지와 개털이 여기저기 굴러다니는 바닥, 끊어진 전구, 언제 같이 밥을 먹을 수 있느냐는 어머니의 전화, 쌓여만 가는 메일의 회신, 거의 떨어져 가는 개 사료, 팩스 용지, 프린터의 잉크 카트리지. 그런 일상의 소소한 일들을 겨우 그 일부나마 처리하면서 하루를 끝내기도 벅차, 현관 벨이 울리고 상자가 배달되어,

도장을 찍고 그걸 받아들었을 때도 자신이 구두 가게에서 뭘 주문했는지, 구체적으로는 기억나지 않았다.

끈으로 단단히 묶는, 반들반들한 가죽, 짙은 초록색 워커 부츠.

상자에서 꺼내 보니, 영특한 생물처럼 보였다. 이런 곳에 있을 리 없는 야생동물처럼.

그리고 나는 기억해냈다. 가게에서 이 구두를 봤을 때, 이걸 신고 흙을 밟고 싶다고 강렬하게 원했다는 것. 어딘가 먼 장소가 좋겠다고 생각했다. 거뭇거뭇한 흙을, 떨어진 낙엽을 걷어차면서 걸을 수 있는 장소. 언젠가 여동생과 함께 갔던 스웨덴의 숲을 떠올렸는지도 모르겠다. 또는 혼자 일 때문에 떠났던 캐나다의, 조금은 외로웠던 아침 산책 때 걸었던 드넓은 공원의 나무들을.

아, 여행을 위한 신발이네.

그렇게 생각하고는, 주저 없이 샀다.

구두가 든 상자를 복도에서 열었다. 구두를 꺼내서 바라보고 있는데, 먼지와 개털이 엉켜서 뒹구는 그 복도가, 그냥 봐도 청소가 필요한 낯익은 우리 집 복도가 아니라 낯선 장소처럼 여겨졌다. 집 밖이야말로 우리(나와 구두)가 있어야 할 장소이고, 이 집은 임시 숙소라는 위험한 기분.

'나는 여기 갇혀 있을 마음은 없다.'

내가 아닌 구두가, 그렇게 말하고 있었다.

"이거 좀 봐."

나는 그 자리에서 구두를 신고, 저벅저벅 발소리를 울리면서 거실에 들어가 남편에게 말했다. 일요일 오후였고, 집에 있던 남편은(아마도 발소리에 놀라) 벌떡 일어나(기본적으로 늘 누워 있다),

"엄청 투박하게 생겼는데."

하고 말했다.

"산 거야?"

"응."

나는 저벅저벅 소리를 내면서 집 안을 걸어 다녔다.

"이거 신고 여행 갈 거야."

선언했다.

"어디로?"

남편이 그렇게 물을 때까지, 잠시 틈이 있었다.

"어디든!"

나는 힘차게 대답한다. 여행을 위한 신발을 신은 탓에, 기분까지 힘이 넘쳤다.

"하코네?"

남편이 불쑥 그렇게 물었을 때, 나는 보스턴도 좋겠다고 생각하고 있었다. 아름드리나무가 많은 보스턴의 공기는 청명하고, 추운 날이면 클램 차우더가 맛있다. 그 다음에는 진 토닉과 씨푸드. 예를 들면 거대하고 담백하고 미국적인 넙치. 버터 소스가 아니라 소금 간만 해서 먹는다.

"하코네? 왜 하코네야?"

예기치 못한 지명에, 나는 멍해지고 만다. 그러다 금방 알았다. 그렇다. 하코네에는 산이 있고 나무가 있다. 그리고 버스가. 운전을 못하는 나는 하코네에 갈 때면 늘 버스로 이동한다. 일목요연하지만, 이 신발에는 전철보다 비행기보다 버스가 어울린다. 튼튼하고 두꺼운 밑창으로 그 은색 계단을 밟고, 숫자가 인쇄된 종이쪽지를 집는 장면을 상상하자 나는 정말 설렜다.

여행지에서 사람과 신발은 일심동체이다. 여행의 매력 중 하나가 일상에서—원고에서, 교정지에서, 끊어진 전구에서, 우편물에서, 먼지와 개털에서—벗어나는 것이라면, 일시적이든 일상의 모든 것을 잃은 내게 남은 것은 몸에 지닌 것과 여행 가방 안에 든 것뿐이니까.

여행을 할 때는, 기억과 지식과 체력과 사교성 같은 눈에 보이지 않는 것을 포함해서, 몸에 지닌 것들만이 그 사람을 뒷받침해준다. 나는 그런 상태를 좋아한다고 생각한다. 그런 안심감과 단순함을.

　그래서 나는 짙은 초록색 부츠를 신고, 가을의 하코네에 가기
로 했다.

　"하코네는 가까우니까."

　하면서 남편도 같이 가겠다고 한다.

_게재지 알 수 없음.

메밀국숫집 기담

일터로 사용하는 아파트에서 집까지는 자전거로 30분 거리다. 내가 자전거를 타고 30분 거리라고 하면 보통은 20분 거리겠지만, 얼마 전에 이혼한 후로는 그 20분 거리가 멀다. 아무도 없는 집에 돌아가기가 두려워, 일터에서 자는 일이 많아졌다. 남편의 부재는 과거 그의 존재가 그랬던 것처럼 나를 괴롭힌다.

10월 말인데 태풍이 다가와 아침부터 음울한 비가 내리던 그날도, 나는 일터에서 자기로 하고 근처에 있는 메밀국숫집에 저녁을 먹으러 갔다. 주택가 안에 동그마니 서 있는, 세련된 단독주택인 그 가게는 차분하고 국수 맛도 좋아서 예전부터 간간이 드나들었다.

그런데 그날 밤에는, 여러 가지가 조금씩 그전과 달랐다. 우선, 손님이 붐빌 시간인데 나 외에는 아무도 없었다. 입구 옆에 있는 메밀 반죽을 치대고 자르는 방(칸막이가 유리다)에도 사람이 없고, 메밀가루를 빻는 전동식 방아만 사륵사륵 싸늘한 소리를 내며 돌아가고 있었다. 그리고 본 적 없는 젊은 여자 점원이 유난스럽게 공손한 말과 몸짓으로 맞아 주었다.

"비가 내리는데, 이렇게 찾아주셔서 감사합니다."

"안녕하세요."

나는 비에 젖은 마당이 보이는 널찍한 자리에 홀로 앉았다.

"맥주 한 병이랑, 순두부, 그리고 어묵 주세요."

물수건으로 손을 닦으면서 그렇게 말하자, 여자 점원은 부끄러운 듯이,

"무슨 당치 않은 말씀을요."

하고 대답한다. 내가 그녀를 칭찬이라도 한 것처럼. 영문을 몰라 멍하고 있자니 그녀가 안쪽으로 들어갔다가 병맥주와 잔을 들고 나왔다.

다행이다, 주문은 제대로 된 모양이네, 하고 생각한 대로, 바로 순두부와 소금, 이어서 어묵이 나왔다. 하얀 것만 시키고 말았다는 것을 알고 쓴쓰레 웃는다. 이제 냉 메밀로 할까 온 메밀로 할

까, 좀 추워졌으니까 온 메밀로 할까 고민하던 때였다. 그칠 기미가 없는 비는 어두운 마당의 온 나무 이파리들 위로 떨어지고, 적시고, 흔들었다.

"많이 기다리셨죠."

목소리가 들려 보니, 또 순두부와 어묵이 나와 있었다.

"어? 벌써 나와서 먹고 있는데."

내가 말하자, 여자 점원은 미소를 머금고 고개를 숙이면서,

"괜찮아요."

하고 말했다. 순두부는 양이 적고, 어묵도 네 조각밖에 안 되니 먹을 수 없는 것은 아니지만, 이상하다 싶었다.

"많이 기다리셨죠."

잠시 후에 또 같은 것이 나왔다. 너무 놀라서 나는 아무 말도 못 했지만, 그 다음에 또 똑같은 것이 나왔을 때는,

"음, 이게 몇 인분이죠?"

하고 물을 수 있었다.

"죄송합니다."

그녀는 공손하게 머리를 깊이 숙인다.

"이렇게 많이는 못 먹는데."

"감사합니다."

"또 나오나요?"

"그럼, 천천히 드세요."

도무지 말이 안 통한다. 그러다 온 테이블이 순두부와 어묵과 소금이 담긴 작은 접시로 꽉 차고 말았다. 이래서는 메밀국수를 먹을 수 있을 것 같지 않다. 포기한 나는 시원한 정종을 한 홉 주문하고(그 주문은 바로 통했다) 순두부와 어묵에 전념했다. 그러는 동안에도 그녀는 계속 똑같은 것을 가져왔다. 빈 접시를 치우고는 또 새 접시를 가져다 놓고, 다 놓을 수 없게 되자 옆 테이블에 갖다 놓는다. 대체 몇 접시나 먹었을까. 거의 오기로 먹었다. 아니 혼란스러운 나머지 온 힘을 다해 흡입했다. 소금 간을 해서 먹는 매끄러운 두부도, 촉촉한 와사비가 곁들여진 어묵도 맛있기는 아주 맛있었다. 밖에서는 빗소리가, 안에서는 방아가 돌아가는 사륵, 사륵하는 소리만 들리는 그 고요한 가게 안에서, 나는 내 몸이 두부와 어묵이 되어버린 듯한 기분이 들도록 먹었다.

"잘 먹었습니다."

젓가락을 내려놓고 말했다.

그녀는 계산대로 가더니 계산서를 들고 돌아왔다. 금액은 그냥 1인분 값이었다.

드르륵 문을 열고 밖으로 나온다. 그녀의 배웅을 받으며 우산을 펴고, 눅눅한 밤공기를 들이마셨다. 왠지 웃음이 끓어오르고, 후련한 기분이 들면서 나는 오랜만에 집에 돌아갈까 하고 생각했다. 자기 집이니까 당당하게 돌아가면 된다. 우편물이 쌓여 있을 테고, 집 안에 있는 화분에 물도 주어야 할 것이다.

_《스바루》, 2014년 1월호.

에페르네의 튤립 — 봄

언제였나. 프랑스 북부를 여행했을 때, 에페르네라는 작은 도시의 호텔 창문으로 아름다운 정원을 내려다보았다. 아름답다고 해서, 딱히 넓거나 세련된 조형미를 뽐내는 것은 아니었다. 아담하고 소박하면서도 손질이 꼼꼼하게 잘 된 정원이었다. 바깥에 나가 피부로 접하면 부드럽다는 형용사에 해당될지도 모르지만, 창문으로 내려다만 봐서는 물을 넉넉하게 뿌렸을 뿐인 잔디밭은 풀냄새가 피어오르는 것처럼 파랗고 싱그럽고 정말 부드러워보였다.

늦은 오후에 도착한 터라, 약간 비스듬히 기울어 그만큼 더 눈부셨던 햇살이 정원 전체에 넘치고 있었다. 그리고 그중에서도

한동안 머물다 밖으로 나가고 싶다

특히 햇살이 듬뿍 쏟아지는 한 모퉁이에 튤립이 정말 미친 듯이 피어 있었다. 서로 줄기가 뒤엉킬 정도로 목을 굽히고, 한껏 잎을 벌리고, 튤립들은 염치가 없으리만큼 야만적이고 조용히, 황금빛 햇살을 받고 있었다.

피었네 피었네 튤립 꽃

줄 섰네 줄 섰네 빨강 하양 노랑

가사도 멜로디도 단순한 그런 동요의 이미지와는 동떨어진, 분방한 모습에 나는 흠뻑 빠지고 말았다. 그것은 아주 어른스러운 가련함이었다. 꽃 한 송이 한 송이가 흙과 공기와 햇살을 저마다 홀로 받아들이고 있었다.

웅장하고 당당한 모습, 이라는 말이 내 머리에 떠올랐다. 좋겠네, 튤립. 생명을 구가하고 있네, 하고 생각했다.

왜 그런지 몰라도, 아이들에게는 튤립이 친근해지기 쉬운 꽃인 듯하다. 유치원 다니는 아이도 이름을 알고 있고, 어린아이가 그리는 꽃 그림의 대부분이 튤립(같은 것)이다. 그 탓인지, 튤립이란 꽃은 어딘가 모르게 어리고 앙증맞은 인상이 있는데, 물론 얼토당토않은 덤터기랄까, 오해였다.

작년에 안데르센의 『엄지 공주』를 번역했다. 호두 껍데기 침대에서 잠을 잘 만큼 작고 귀엽게 생긴 엄지 공주는 그 귀여움 때

문에 신붓감 후보로 낙점되어 두꺼비에게 납치되고, 그 다음에
는 또 풍뎅이에게 납치된다. 풍뎅이의 손아귀에서 겨우 벗어난
것도 잠시, 이번에는 친절한 들쥐 때문에 강제적으로 두더지의
아내가 될 처지에 놓인다. 일조 시간이 짧은 북유럽의 이야기답
게 엄지 공주는 해님의 빛을 무척 좋아하는데, 두더지는 햇빛을
견디지 못한다. 그래서 엄지 공주는 제비와 함께 도망친다.

이야기의 마지막에 그녀가 만나는 왕자님 역시, 그녀의 귀여
운 얼굴밖에 보지 않는다는 아이러니하고 아무리 생각해 봐도
어두운 판타지인데, 그 엄지 공주가 바로 튤립 꽃에서 태어났다.

나는 엄지 공주가 숲에서 홀로 사는 짧은 장면이 좋아 몇 번이
나 다시 읽었지만, 그럴 때마다 떠오른 것은 에페르네의 호텔 정
원에 피었던 그 분방하면서도 평온한 튤립의 모습이었다.

《소게쓰草月》, 2014년 봄호.

동네에 피었던 꽃 — 여름

어렸을 때 살았던 동네를 지금도 똑똑히 기억하고 있다. 그건 뭐였을까. 어디에 뭐가 있는지, 자신과 관계없는 것—이발소, 담뱃가게, 술집, 침술원, 대중목욕탕, 산부인과—까지 알고 있었고, 지금 생각하면 웃음이 나올 만큼 뭘 파는지도 모르는 채 '행복한 가족계획'이라고 쓰인 자동판매기가 어디 있는지도 알고 있었다. 샤미센을 가르치는 집, 언제 보아도 머리에 헤어롤을 말고 있는 여자가 사는 집, 텔레비전 소리가 길까지 흘러나오는 집, 개가 있는 집.

그런데 지금은, 이 동네에 벌써 20년을 계속 살면서도 평소 내가 가는 가게와 이용하는 곳밖에 모른다.

밖에서 노는 것보다, 집 안에서 책을 읽거나 그림을 그리기를 좋아하는 아이였는데, 왜 그렇게 동네를 속속들이 보고 있었을까. 특히 여름의 해거름.

아직 밝다, 아직 밝다고 생각하다 보면 공기가 조금씩 싸늘하고 파르스름해지면서, 그 파랑에 살까지 물들어 버릴 것 같아 갑자기 불안해진다. 저녁 식사를 준비하는 냄새와, 따끈한 목욕물에서 피어오르는 김 냄새가, 어디선가 바람을 타고 날아온다. 그리고, 그즈음부터 식물이 소리 없이 생기를 발하기 시작한다. 어린아이 눈높이에 핀, 짙은 분홍색 분꽃 무리와 울타리 너머로 보일 만큼 키가 큰 서양 접시꽃, 해질녘 어둠에 얼굴을 쏙 내밀고, 마치 이 세상 꽃이 아닌 것처럼 차가운 노란색 꽃잎을 떠는 달맞이꽃. 모두 여기저기에 멋대로 핀, 흔하디흔한 동네 꽃이었다.

나는 특히 엷은 분홍색 자귀나무 꽃을 좋아했다. 그 꽃은 정말 하늘하늘, 파란 저녁 어두운 공기에 녹아버릴 듯 가련하게 핀다. 고사리를 닮은 이파리는 저녁이 되면 닫히는데, 꽃은 저녁부터 밤에 걸쳐 활짝 핀다. 합환수라는 다른 이름의 울림이 잠을 연상케 하고, 그리고 잠든 것처럼 소리 없이, 그래서 아무도 방해해서는 안 될 나무라고 생각했다.

여름 꽃을 좋아하는 사람은 여름에 죽는다는 말은 정말일까.

그런 대사가 다자이 오사무의 『사양』(아마도)에 등장하는데, 만약 그게 사실이라면 나는 여름에 죽을지도 모르겠다.

여름날의 해질녘은 지금까지도 역시 특별하다. 불쑥, 자신이 어디에도 속하지 않은 것처럼 느껴지고, 의지할 곳 없는 어린아이 같은 기분이 든다. 어린 시절처럼 어느 골목에 어느 집에 어떤 꽃이 피어 있는지 모두 파악하고 있는 것은 아니지만, 그래서 더욱이 놀라움과 함께 발길을 멈추고 눈을 번쩍 뜨고 보게 된다. 괭이밥과 광나무처럼 눈에 잘 띄지 않는 수수한 꽃을 발견하면 반갑다.

하기야, 아직 밝다, 아직 밝다고 생각하는 사이에 주위가 파르스름하게 물들어 불안해지던 어린 시절과 달리 지금의 나는, 아직 어둡다 아직 어둡다, 하고 생각하면서 술을 마시다 보면, 창밖이 희붐해져서 깜짝 놀라곤 한다.

《소게쓰》, 2014년 여름호.

패랭이꽃 — 가을

내가 다녔던 여학교의 교복 가슴에는 패랭이꽃 무늬가 수놓여 있었다. 학교 마크가 그러니 어쩔 수 없었지만, 나이가 좀 지긋한 여선생님들이 여러분은 이 나라의 여성들이니, 하면서 설교(또는 사기를 고무?)하는 통에, 나로서는 그 꽃이 그다지 탐탁지 않았다. 가슴에 붙어 있는 만큼, 거짓말을 하는 듯해서 꺼림칙했다.

패랭이꽃은 가을의 일곱 가지 꽃 가운데 하나다.

나는 봄의 일곱 가지 꽃은 이름을 다 말할 수 있지만, 가을은 그렇지 못하다. 억새와 마타리, 패랭이꽃, 싸리, 도라지꽃, 이 다섯 개밖에 모른다. 이유는 단순하다. 죽에 넣어 끓일 수 없기 때문이다. 해마다 1월 7일의 아침 부엌에서 어머니가 노래를 흥얼거리듯 미나리, 냉이, 떡쑥, 별꽃, 광대나물, 순무, 무, 하고 읊었기 때문에 기억하고 있어서 봄의 꽃은 말할 수 있다.

그런데 한편, 왜 그 일곱 가지가 봄의 일곱 가지 꽃인지, 누가 그렇게 정했는지는 모른다. 가을의 일곱 가지 꽃은 야마노우에노 오쿠라山上大倉(7세기 무렵의 귀족, 가인_옮긴이)가 읊은 노래에서 유래한다는 건 그 여학교에서 고전 문학 시간에 배워 기억하고 있다.

고전 문학 선생님은 우리 반 담임이었고, 약간 공허하게 웃는 남자였다. 이름난 애주가로, 거의 늘 눈이 벌겠고, 때로는 아침에 술 냄새가 나기도 했다. 교무실 책상의 제일 밑 서랍에 정종과 위스키 병이 들어 있다는 것은 다른 선생님도 학생들도 다 알고 있었다. 지금 같으면 틀림없이 문제가 될 것이다. 하지만 당시에는 문제가 되지 않았다(되었어도 크게 확대되지는 않았다).

그러나 그는 훌륭한 선생님이었다. 눈빛은 날카롭고, 수업이 없을 때는 과묵하고, 그러면서 막상 입을 열면 그 조그만 몸 어디에서 그런 소리가 나오랴 싶을 정도로 목소리가 우렁찼다. 반에는 소위 불량소녀도 있었고, 학교에 제대로 오지 않는 아이, 반

항적인 아이, 금방 울음을 터뜨리는 아이, 어리광을 피우는 아이, 온갖 아이가 있었다. 그는 여학교 특유의 번거로움과 시끌시끌함에 기죽지 않았고, 영합하지도 않았으며 학생들을 절대 포기하지도 않았다.

나는 그 선생님 덕분에 가모노 초메이鴨長明(헤이안 시대 말기에서 가마쿠라 시대 전기의 가인_옮긴이)를 좋아하게 되었다. 스가와라 다카스에노 무스메菅原孝標女(11세기 헤이안 시대의 귀족 여성_옮긴이)도. 그런 사람들을 살아 있는 사람인 것처럼 느끼도록 수업을 진행했다.

가을의 꽃 일곱 가지 전부를 꼽지는 못한다고 하면 그가 얼굴을 찡그릴 것 같아, 연중행사를 정리한 책을 펼쳐 조사해 보니, 남은 두 가지는 칡꽃과 등골나물이었다. 흥미로운 이름이어서 인상에 남아 있었을 텐데.

인상에 남기는 뭐가 인상에 남아, 대책이 없군.

선생님은 그렇게 말하며 웃으리라. 대책이 없군, 은 그가 툭하면 뱉는 말버릇이었다.

그 선생님이 돌아가신 지도 벌써 30년 가까이 지났다. 우리가 다녔던 여학교도 지금은 이미 없다. 남녀공학으로 바뀌면서 이름도 새로 바뀌었다고 들었다. 학교 마크도 이제는 패랭이꽃이

한동안 머물다 밖으로 나가고 싶다

아닐 것이다.

_《소게쓰》, 2014년 가을호.

눈 쌓인 벌판과 히스 — 겨울

에밀리 브론테의 생애를 더듬는다는 취지의 텔레비전 프로그램 일로 영국에 갔을 때, 하워스라는 조그만 마을은 온통 눈에 덮여 있었다. 오들오들 떨면서 나는 벌판을 걸었다. 네, 당연하죠, 에밀리 브론테 하면 벌판, 집도 없고 길도 없고 사람도 없고, 있는 것은 히스 무더기와 귓가에 윙윙 울리는 바람 소리뿐.

출발 전에 디렉터가 어디를 돌아보아도 보라색 히스 밭이라고 했다. 그 히스 밭을 혼자 거닐면 되고, 촬영은 헬리콥터에서 할 것이라고. 정말 말 그대로였다. 눈 쌓인 지면 위는 한없는 히스 밭. 다만 그때는 한겨울이었고, 히스는 여름 꽃이었다. 나는 숨을 삼켰다. 눈앞에 펼쳐지는 광경은 내가 상상했던 것처럼 온통 보

한동안 머물다 밖으로 나가고 싶다

라색은 아니었지만, 내가 상상했던 것보다 훨씬 더 아름다웠다.

무수한 히스가 바짝 마른 채 지면에 우뚝우뚝 서 있고, 보라색이 희미하게 남아 있는 꽃이 바람에 휘날리고 있었다. 무심하게, 시원스럽게. 그때 나는 꽃의 색은 어쩌면 훼방꾼인지도 모른다고 생각했다. 꽃의 색소가 엷어져 비로소 히스는 온몸으로 히스가 되었다, 그렇게 보였다. 그러고 보면 산길에서 흔히 보는 엉겅퀴 꽃도 색이 바라고 마른 채 서 있는 모습을 옛날부터 좋아했다. 외로움이나 서글픔을 말하려는 게 아니다. 훨씬 더 상큼하고 기분 좋은 무언가. 그 자유로움, 유쾌함, 야만스럽기까지 한 생명력.

그런데 헬리콥터에서 하는 공중 촬영을 나는 그때 처음이자 마지막으로 경험했다. 당시에는 아직 이십 대였으니, 그나마 겨우 끝낼 수 있었지만 이제는 할 수 없을 것이라고 생각한다. 엄청난 풍압 때문에 서 있는 것조차 쉽지 않다. 서 있기도 힘든데, 키가 쭉쭉 뻗은 히스 밭을 헤치면서 눈 속을 걸어가야 한다. 헬리콥터가 뒤에서 따라오고 있어, 나는 몇 번이나 굴렀다. 이리 쿵, 저리 쿵, 거의 앞으로. 구르면 바람이 위에서 밀려와, 지면에 고꾸라질 것 같은데 귀에 꽂은 인터컴에서는 "일어서세요! 서요! 걸어요!" 하는 소리가 날아든다. 나는 마이크를 지니고 있지 않으니, 내 쪽에서는 아무 말도 할 수 없다. 게다가 헬리콥터에 탄 사

람들 외에는 사방 어디에도 사람이 없어, 어쩔 수 없이 나는 혼자 일어나고 구르고, 또 일어났다가는 구르면서 걸었다. 에밀리 브론테를 생각하면서 걷는다는 설정이었고, 실제로도 그렇게 방송되었지만, 내가 그때 정말 "서세요! 에쿠니 씨, 서요!" 하는 지시를 수시로 받으면서 생각한 것은 〈내일의 죠ぁしたのジョ〉°였다. '샌드백에 떠올랐다 사라지는' 이라는 가사를 가슴 속으로 흥얼거리면서 히스 밭 한가운데를 싸우는 기분으로 걸었다.

_《소게쓰》, 2014년 겨울호.

° 소년원 출신의 고아 소년 야부키 죠가 권투를 시작하면서 벌어지는 일을 담은 권투 만화.

'기氣'에 대해서°

　요즘 '기氣'에 대해서 생각하고 있다. 나의 '기'는 쓸데없이 활발하다.

　왜 '쓸데없이'인가 하면, 나는 기민하지도 못하고 눈치가 빠르지도 못하기 때문이다. 그런데도 마음이 조급해지고 꺼림칙해지

°　일본어에서 기氣는 다양한 동사, 내지는 형용사와 이어져 관용구를 만들어내는 단어다.
　　본문에 열거된 기민하다, 눈치가 빠르다, 마음이 조급해지다, 마음이 꺼림칙하다, 흥분하다, 풀이 죽다, 주눅이 들다, 상대방에게 압도되다, 신경을 쓰다, 신경이 쓰이다, 정신을 차리다, 인식하다, 미안하다, 고집하다, 성이 차다, 정신을 차리다, 길을 잃다, 등등의 동사형, 형용사형이 전부 이 '기'와 이어진 관용구에 해당한다._옮긴이

는가 하면, 툭하면 흥분하고 풀이 죽곤 한다. 주눅이 들기도 하고, 상대에게 압도되기도 하고, 때로 내가 내 정신이 아니곤 한다. 사소한 일들이 신경 쓰여 어쩌지 못하는 성격인데, 큰일은 미처 인식하지 못하곤 한다. 왜 그러는지 모르겠다. 정신 똑바로 차려, 하고 나는 나의 '기'에게 말하고 싶다.

아무튼 '기'는 유난히 운동량이 많다. 우울해지고 설레고, 아등바등하거나 후련해지거나 대담해지거나, 무거워지기도 하고 가벼워지는가 하면, 마음을 다잡기도 하고 마음이 빠지기도 한다. 또 갑자기 당황해서 어쩔 줄 모르곤 하니, 운동을 싫어하는 나는 이리저리 농락당하다 피폐해지고 만다.

게다가 '기'에는 수수께끼가 많다. 예를 들어 나는 상대를 '지나치게 헤아린다'는 말은 듣지만, '꼼꼼하게 신경 쓴다' 하는 말은 한 번도 들은 적이 없다. 왜 그런지 모르겠다. 나의 '기'는 그 정도를 가늠하지 못하는 것일까.

가장 골치 아픈 경우는 내가 종종 '미안하다'고 느낀다는 점이다. 예를 들어서, 누가 밥을 사주겠다고 하면 나로서는 환영할 일인데, 나는 미안하다. 그래서 상대가 난감해하는데도 아랑곳하지 않고 내가 밥값을 내겠다고 고집한다. 또 종일 일을 하자고 다짐했는데, 목욕을 두 시간 하지 않고는 성이 차지 않고, 피아노를

한동안 머물다 밖으로 나가고 싶다

한 시간 치지 않아도 역시 성이 차지 않는다. 정말 황당하다. 나의 '기'는 내게 때로 폭군 같다.

그래서 나는 '내키는 대로'라는 말이 무섭다. 내키는 대로 산다, 하고 말하면 자유롭고 쾌적하게 사는 듯 들리지만, '기'가 하라는 대로, 하는 대로 산다는 말이니, 적어도 내 경우, 그렇게 되면 대 참사다. 나의 '기'는 길을 자주 잃는다. 폭군인데 길을 자주 잃다니, 따라가는 사람 생각도 해 줬으면 좋겠다.

생각하면 생각할수록 '기'는 정복하기 어렵다. 하지만, 이 세상에는 그 정복하기 어려운 것들이 넘쳐난다. 김빠진 맥주를 얼이 빠졌다고 표현하는 이상, 맥주에도 '기'가 있는 셈이다. 온 사방에 '기'가 득실거린다. 요기, 끈기, 기개, 노기, 패기, 음기, 양기, 용기, 수증기. 기백이나 기개, 기골은 친척 간일 것이다. 수증기와 한기, 온기, 공기까지 포함하면, 이 세상에 살아 숨 쉬는 인간의 질량보다 '기'가 훨씬 많다고 생각하지 않을 수 없다.

나는 내가 날마다 느끼고 생각하는 것마저 전부 '내 기분 탓'은 아닐까 싶어 걱정스럽다.

_《쿠라시노테초暮しの手帖》, 2016년 6월호.

그녀는 지금 온 힘을 다해

치사는 지금 아홉 살이고, 2학년 2반 교실의 창가 자리에 앉아 있다. 계절은 초여름이고, 하늘은 파랗다. 아무도 없는 교정 한 가운데에서 스프링클러가 돌아가고 있다. 수업 중이지만, 치사는 수업을 듣고 있지 않다. 하지만 선생님의 목소리를 인식하고는 있다. 그냥 거기에 있는 소리로. 인식한다는 것은 용납하는 것이다. 치사는 오늘 온 힘을 다해 그것을 한다. 세계는 이미 눈앞에 있는데, 치사가 할 수 있는 것은 용납하는 것뿐이다. 예를 들어서 학교의, 선생님의, 다른 아이들의 존재를 용납하는 것. 양호실 냄새와 통학로의 육교를, 땅에 기어 다니는 개미를, 이파리에 달라붙어 있는 무당벌레를. 용납해야 할 것은 무수하게

한동안 머물다 밖으로 나가고 싶다

있다. 예를 들어 이 세상에 낮과 밤이 있다는 것, 그 사이에 아침과 저녁이 있다는 것, 그 아빠가 자신의 아빠이며 그 엄마가 자신의 엄마라는 것. 빗소리도 눈부신 햇살도, 급식에서 나오는 우유도, 치사는 인정하고 용납하지 않으면 안 된다. 나팔꽃은 그런 모양이라는 것도, 연필심이 때로 부러진다는 것도. 용납하고 또 용납해도 끝이 없다. 치사의 허락 없이 사람은(지금은 건강해도 언젠가는) 죽어버리고, 치사의 허락 없이 모기는 치사의 피를 빨아 먹는다. 치사의 허락 없이 치사는 밤에 오줌을 싸고, 치사의 허락 없이 선생님은 말을 한다. 치사는 본의 아니게, 라는 말을 아직 모른다. 그러니 본의 아니라고는 생각지 않는다. 대신, 세계라고 생각한다. 세계라고 인식하고, 지니고 태어난 용감함으로 혼자 거기에 맞선다. 모든 것에. 아는 사람들에게, 모르는 사람들에게. 낮에, 밤에. 모기에게도 야뇨증에도 부러지는 연필심에도.

치사는 지금 아홉 살이고, 2학년 2반 교실의 창가 자리에 앉아 있다. 계절은 초여름이고, 하늘은 파랗다. 아무도 없는 교정 한가운데에서 스프링클러가 돌아가고 있다. 수업 중인데 치사는 수업을 듣지 않고 있다. 다른 사람 눈에는 아무것도 하지 않는 것으로 보이리라. 그저 멍하게 있는 것처럼. 하지만 그녀는 지금 온 힘을 다해 세계를 받아들이려 하고 있다.

_〈말 같은 사람의 이야기〉 3,《요미우리 신문讀賣新聞》, 2015년 5월 24일호.

정말이지 읽고, 쓰는 것으로 세월을 보내고 있습니다. 읽고 쓰는 일을 둘러싼 에세이집을 만들지 않겠느냐, 하는 제안이 들어왔을 때, 그래서 나는 그것도 일리가 있는 말이라는 생각이 들었습니다.

이 중에는 그런 글을 썼다는 것조차 잊어버린 문장도 있어서, 이렇게 죽 늘어놓고 보니 자신이 참 고집스럽다는 것을 알게 되는군요. 같은 말만 계속 하고 있잖아요.

에세이와 아주 짧은 소설이 섞여 있는데, 늘 그렇지만 에세이보다 소설 쪽에 자신이 잘 드러나 있다는 것은 무서운 일입니다.

최근에 존 판테John Fante의 『충만한 삶Full of Life』이라는 소설의 번역본을 읽었습니다. 쉴 새 없이 책을 읽고 있어도 좀처럼 만나기 쉽지 않은, 두말이 필요 없는 멋진 소설이었습니다. 읽는다는 것에 대한, 쓴다는 것에 대한, 산다는 것에 대한 모든 것이 그 한 권에 담겨 있고, 그것은 끝없이 샘솟지만 보존할 수 없고, 눈부시고 생명력에 넘치는 순수한 행복, 이라고 해야 할 것이고, 그래서 지금 이 후기를 읽고 있는 분에게는 이 책을 내려놓고 서점에 가서, 그 책을 사라고 말하고 싶군요.

멋진 책 한 권을 읽었을 때의, 지금 자신이 있는 세계마저 읽기 전과는 달라지게 하는 힘, 가공의 세계에서 현실로 밀려오는 것, 그 터무니없는 힘. 나는 이 에세이집 안에서, 그것에 대해 말하고 싶었다고 생각합니다.

여기저기에 발표한 짧은 글을 수집하고 골라서 편집해 준 편집자에게 감사드립니다. 소소한 책으로 만들어 주셔서, 기쁩니다. 이케타니 씨(편집자의 이름입니다)도 읽어 보세요, 그 책.

2018년 2월
에쿠니 가오리

| 옮긴이의 말 |

  단절과 소통이란 모순된 개념이 중요하게 되새겨지는 요즘이다.

  '되새겨지는'이라고 굳이 말하는 것은, 여느 때에도 우리 각각은 단절 속에서 소통하고 있기 때문이다. 저마다의 울타리 안에서 개체의 삶을 영위하면서, 그 울타리의 너머로 바깥을 내다보거나 문을 살짝, 또는 활짝 열어 외부를 받아들이고 또 밖으로 발을 내밀어 소통의 길을 튼다.

  작가에게 세상과의 소통이란 작품을 통해 이루어진다.

  그러나 그네들이 세상에 내미는 작품은 사실, 간혹 우리들이 기웃거리고 싶어 하는 그네들의 삶 자체는 아니다. 따라서 우리는 작가와 작품을 공유할 뿐, 그네들의 삶의 모습을 공유하지는 않는다. 다만 상상으로 그 단절을 메울 뿐이다.

그러다 간간이, 그 울타리에 작은 문이 열려 안과 밖이 이어질 때가 있다. 그리고 열린 문 사이로 그네들이 얼굴을 쪽 내밀고 손을 살랑살랑 흔든다. 더없이 반가운 순간이다.

작가가 자신의 내밀한 일상을 열어 보이는 것은, 작품을 공유하는 기쁨을 넘어선 '이어짐'을 선사해 준다. 그네의 울타리 그늘 속에서 기웃거리던 우리에게 그 소통은 단비 같은 것이다.

에쿠니 가오리의 『한동안 머물다 밖으로 나가고 싶다』는 그런 소통의 장이다.

우리는 이 글들을 읽으면서, 그녀가 어떤 하루를 보내고, 어떤 책을 읽으며, 어떤 음악을 듣고, 어떤 이들과 교류하고, 어떤 과일과 음식을 좋아하는지, 그녀의 일상과 잠시나마 마주할 수 있다. 우리가 작품을 통해 상상하는 그녀가 아닌, 울타리 안에 있는 실체로서의 그녀 삶을 말이다.

2020년 초여름 긴 단절의 시간 속에서

김난주